# 國師的愛徒 下

風 文創 1211

莫顏 著

# 目錄

# 第十六章

桃曉燕現在的感覺就像被卡車輾過一樣。

剛破身的身子禁不起折騰，她疼得連根手指都不想動。

結論是，這具身子太弱了。

她睡了一覺，醒來時，入目所及的是一名俊美男子，一襲黑髮披肩，只以一根簪子簡單綰起。

他坐在床上，一腳曲起，手肘撐在膝上，手上拿著一卷書，而她的人就躺在他懷裡。

俊美的側顏平靜安詳，黑髮黑眸，看起來斯文又儒雅。

似是發覺她的動靜，司徒青染低下頭，目光落在她臉上。

「醒了？」

「……」

是她的錯覺嗎？此時的他身上好似鍍了一層聖潔的光輝。

仙如聖人，魔若黑淵，集兩種氣度於一身的男人卻睡了她。

「我會死嗎？」她問。

司徒青染唇角的淺笑僵住，盯著她看了一會兒，確定她不是在開玩笑，而是認真的在問他。

一股說不出的鬱悶憋在他心中。

別的姑娘被男人破身，要麼羞澀難當，要麼拿翹，她的反應卻是問他，她會不會死？

司徒青染都懶得跟她生氣了，如果他還不盡快適應她的性子，遲早真被她氣白了髮。

「為何會死？」

「你昨天還是白髮老頭子，今日就黑髮回春了，肯定是對我採陰補陽了，是吧？」

他又氣笑了。

「就妳這樣的，要法力沒法力，要功力沒功力，我若是真的對妳採補，妳現在已經變成乾屍，都不夠我塞牙縫。」

桃曉燕哼了一聲，不是採陰補陽就好，但被他吃乾抹淨，也夠她嗆了。

她想起身，但才動到腰，牽動了某個地方，疼得她呻吟一聲。

他見狀，放下書卷，兩手將她撐抱起來，讓她靠在自己的胸膛上。

她真的需要緩一緩，反正做都做了，她也不會矯情的說什麼「不要碰我」之類的話，她又不是第一次經人事，在現代她也交過男朋友，早有經驗了，沒經驗的是這具處子之身。

疼死她了。

她慵懶的靠在他胸膛上，有種激烈運動後的虛脫，需要一點時間恢復元氣。

她身上已經換了乾淨的衣裳，肌膚也滑嫩舒爽，不用說，這是他的傑作。

有潔癖的男人容不得一點汗味，所以她還有一點印象，記得當時累得睜不開眼，也不想動，是他抱著自己又去沐浴一番，幫她擦洗過又拭乾淨，換上乾爽的衣物後，才抱她回床上。

當然，連床單、被子、枕頭都換新的了。

桃曉燕了解一件事，他會做家事，只是看他要不要做罷了。

「我餓了。」她說。

他聞言，拿出一顆黑色的藥丸，只有一粒小拇指大小。

她好奇。「這什麼？」

「辟穀丹。」

她抬眼看他，一副不悅的樣子。

「怎麼了？」他不解。

「誰的屁股？我才不吃屁股呢。」

他沈默，不一會兒，無聲地笑了，笑得胸膛震動。

若是以往，他會罵她放肆，言語不雅，但現在知道她來自異世後，他反倒覺得有趣新奇。

辟穀丹對仙人來說不算什麼，對凡人來說卻是價值連城，吃一顆辟穀丹，足以三個月不用吃食。

凡人若一直吃辟穀丹，便可以不必再吃葷肉，肉身逐漸變得乾淨，汗味不再有異臭。

吃一年辟穀丹，便能三年不食人間煙火，肉身將變得越來越輕，凡人雖然不能修仙，卻也看起來有仙氣，重要的是身體康健，不易生病，常保青春。

他那些白衣弟子都是凡人，因為沒有仙根，無法修仙，卻願意服侍仙人，只求一顆辟穀丹。

他難得笑得這麼開心，令桃曉燕頗為驚異，看直了眼。

畢竟，平日總是冷冷淡淡、不苟言笑的男人，突然對她展現歡顏，還挺稀奇的。做個愛就有這麼大的改變，果然男人在床上最容易相處了。

「辟穀兩個字，是這麼寫的……」在他解釋之後，她終於明白辟穀丹的作用。

有好東西，她當然要收下了，人都快被他榨乾了，精氣有沒有被吸乾都不知道。她將辟穀丹拿過來，卻不是要吃，而是拿了條手帕包起來。

「辟穀丹我收下了，我要吃雞腿。」

「……」這女人……實在不能用常理來看她。

司徒青染也不跟她爭，她既然想吃凡人的食物，他便成全她，反正現在有他在，煉丹房的丹藥足以調理她的身子，不差這一顆辟穀丹。

由於他不喜煙火味，因此他決定給她安排另一間房。

桃曉燕收拾打理好之後，等到了司徒青染派來伺候她的人——慕兒。

不得不說，慕兒的確是最佳人選，況且司徒青染還將貓兒玲瓏交給她照顧，由此可見，慕兒是個擅長打理的人。

見到慕兒瞪大眼看著她時，她笑了。

慕兒的驚訝只是一瞬間，她立刻恢復平靜，朝國師福身。

「拜見國師。」

不錯，情緒控管得很好，如果在現代，桃曉燕肯定把這個人才放到公關部門。

在白衣弟子面前，司徒青染便是那個清冷尊貴的國師大人，連聲音都是冷的。

「以後，大師姐就住在羽鶴院，妳去收拾一下，帶她過去安置，她肚子餓了，幫她準備吃的。」

「弟子遵命。」慕兒朝國師福身後，便轉向桃曉燕，恭敬地開口。「大師姐請隨我來。」

桃曉燕遂上前要跟在慕兒身後，離開時朝司徒青染看了一眼，這男人面色依然清冷，與一般無二，連看都沒看她一眼。

她努了努嘴，心想這廝在他人面前，可真是完美無暇的國師大人。

管他呢，她現在只想趕快填飽肚子，恢復體力。

兩人前後出了國師的院子，經過長廊，轉個彎，遠離身後的視線，走在前頭的慕兒立即轉身，一把將她拉到旁邊。

「說！怎麼回事？」

齜牙咧嘴，說變就變，也是個性情中人。

桃曉燕眨了眨眼。「什麼怎麼回事？」

「少裝傻！妳和國師之間是不是——」說到這裡停住，畢竟不敢對國師言語不敬，左右看看四下無人，慕兒還是忍不住問出口。「是不是……那個了？」

桃曉燕挑挑眉。「哪個了？」

「就是——」慕兒憋著，還是不敢不敬，只得改口。「妳知道我的意思。」

桃曉燕繼續裝傻。「不明白。」

「少來！我告訴妳，妳要是不說，我就——」

桃曉燕好奇問：「就如何？」

慕兒抿了抿唇，最後放開她。「不如何，我哪敢對妳如何？大、師、姐。」

這副不甘心又傲嬌的模樣，逗笑了桃曉燕，決定不逗她了。

「就是妳看到的這回事。」

慕兒再度瞪大眼。「妳和國師……」

「是啊。」她爽快承認。

慕兒露出震驚的表情，雖然她懷疑，但她不信。「胡說，怎麼可能？」

桃曉燕聳肩。「那就當我胡說吧。」

慕兒瞪向她，張嘴想說什麼，半天又說不出來，最後幾番掙扎，似是有些認命了。

「算了，我早看出來國師對妳不一般，果然如我所料。」她深深地嘆了口氣。

「妳很失望？」

慕兒斜了她一眼，突然意味深長地說：「失望的女人會很多。」

桃曉燕切了一聲。「說話就說話，幹麼陰陽怪氣的。」

「哼，是妳根本不明白，算了，日後妳就知道了，走吧。」

桃曉燕一點都不擔心，又不是她自己去追司徒青染的，是這男人莫名其妙黏上她的。

她當然知道司徒青染是大靖朝所有女人的香餑餑，但那又如何？她又不是情竇初開的十六歲少女，而是見多識廣的三十二歲女強人，感情從來不是她的必須，只是她的調劑。

像他們這種商業集團家族出來的繼承人，背後代表的是家族企業的利益，連婚姻都可以拿來當作商業籌碼，又怎麼可能成為愛情的奴隸？

要麼也是男人當她的奴隸，呵呵呵。

思索間，她跟著慕兒來到了羽鶴院。

羽鶴院是離國師正院最近的一間院子，也代表了與國師的親密度，平日就打理得很乾淨，應有盡有，可以直接入住。

慕兒不禁再次感嘆，連公主都進不去的羽鶴院，最後卻落到妖女手上……算了，她不想再煩惱這種事。

簡單介紹後，慕兒對她道：「需要什麼告訴我，從庫房補給妳。」

桃曉燕笑咪咪地道：「不用，給我送吃的來就行，要大魚大肉，還要有酒。」

慕兒瞪直了眼，不待她反對，桃曉燕直接用話堵住她。

「師父答應的，他說我可以吃我想吃的。」

慕兒忍不住道：「有辟穀丹……」

「不，我就要大魚大肉，記得送好酒來。」她想了想，又補了一句。「還要飯後水果和甜點。」

慕兒與她大眼瞪小眼，僵持了一會兒，才終於艱難地轉身，走時還嘴裡碎碎唸。

桃曉燕才不怕，人都被他拆吃入腹了，她當然要用大魚大肉好好補元氣。

人生，就是要對自己好一點。

慕兒雖然心不甘情不願，但最後還是給她送來了大魚大肉，以及好酒。上等菜餚、上等酒，慕兒辦事果然可靠。

把酒肉送到後，慕兒轉身要走，卻被桃曉燕叫住。

「有何貴幹？」她沒好氣地警告。「我可不在一旁看妳吃。」

「當然不是，我哪有這麼不識相，我是想告訴妳，吃飽後，我要回桃家。」

慕兒擰眉，才要開口反對，又被她拿話堵住。

「妳陪我回去吧，待我去桃家處理事情，咱們再回國師府。」

她瞪圓了眼，桃曉燕陪她大眼瞪小眼，僵持了一會兒，慕兒才離去。

桃曉燕必須回桃家一趟，她在黑牢待了將近一個月，爹娘肯定擔心她，但她也不怕桃家出事。畢竟在所有人都知道她是國師的徒弟後，莫說桃家族人了，族長肯定第一個站出來護著桃家。

另外，她得去關心一下桃家的產業，她是大老闆，怎麼可能把自家企業放著不管，現在從黑牢出來，當然要趕快回桃家一趟。

只不過，待馬車準備好時，馬車旁等著她的人，除了慕兒，還多了一位不速之客。

這人連桃曉燕都感到意外，雖意外，卻也是意料中之事。

吳衡笑著招呼。「桃師妹。」

桃曉燕只是怔了一下，立即抿出了笑容。

「吳師兄。」

這不是他們兩人第一次見面，彼此都心知肚明，師兄以禮相待，師妹也以禮回應，看似兩人都是初次見面。

「聽聞師妹要回桃家一趟，就由我護送師妹回去吧。」吳衡笑道。

桃曉燕做出受寵若驚之態。「怎麼好煩勞吳師兄呢？」

「不煩勞，正好我今日有空，況且這麼多年來，師父只收我一個內門弟子，如今又收了桃師妹，我做師兄的自當盡責照顧師妹。」

「師兄客氣了，進了師門之後，自是該我去向師兄見禮，卻讓師兄來找我，實是我的不對。」

兩人客套來、客套去，和樂融融，好似這只是師兄妹給彼此的見面禮。

站在一旁的慕兒來回看著兩人，本來她答應護送桃曉燕回桃家，哪知吳師兄突然出現，主動提出由他護送。

大師兄都開口了，她也不好拒絕。

兩人客氣一番後，桃曉燕便笑道：「那便有勞吳師兄了。」轉頭看向慕兒。「那我回去了。」

慕兒朝她福了福，那眼神有許多話想說，卻礙於大師兄在，她不好說。

桃曉燕看得出來，回慕兒一個請她放心的笑容，便踏上矮凳，上了馬車。

吳衡對慕兒吩咐道：「我送師妹回去，妳去忙妳的吧。」

「是。」慕兒低頭恭送，吳衡上了馬車後，她才抬起頭來。

馬車駛出側門，她目送著馬車出去，臉上是複雜的神色。

為了避嫌，吳衡大師兄從來不與她們共乘馬車，而是單獨騎一匹馬。

可是這一回，他卻與桃曉燕共乘馬車，其中的差別待遇，由此可見。

是因為桃曉燕是內門弟子，所以他才差別對待嗎？

他們這些白衣弟子雖然也稱他一聲大師兄，他也稱他們為師弟、師妹，可今日她才發現，原來還是有區別的。

慕兒還好，她不會太失望，她本來就知道自己沒有仙根，與大師兄是有差別的，師兄稱她們一聲師妹，是給她們臉面，但慕兒心裡明白，人家給臉是人家心寬，自己可不能因為別人給臉，就真當一回事。

別瞧她平日傻乎乎的，大事上她分得清，還是很有自知之明。

目送馬車離開，她正要去忙，一轉身便瞧見了離兒。

她愣住，心想，原來離兒師姐也在呀。

「離兒師姐。」

離兒走過來，馬車已不見蹤影，她依然望向側門。

在白衣弟子中，慕兒與離兒師姐感情最好，也最談得來。

離兒師姐對吳衡大師兄的情感，慕兒也知道，離兒師姐不知來了多久，但她肯定瞧見大師兄上了馬車。

四下無人，離兒向來沈穩，情緒不輕易表露，但慕兒能感覺到，她心情不好。

離兒看向遠處，淡然道：「大師兄對新來的師妹可真好，才第一次見面，就要親自送人家回去。」

慕兒忙道：「大師兄對人一向好，國師看重桃……桃大師姐，所以師兄才特別照應。」

離兒看向她，笑了笑。「妳放心，我沒怎麼樣，其實有些事，我看得很清楚。

「妳看得出來吧？我喜歡大師兄。」

「師姐……」

「妳能看出來，是因為我願意讓妳看出來，既然妳都看出來了，大師兄不可能看不出來，對不對？」

慕兒想了想，點點頭，只是不明白師姐這話的用意是什麼？

「慕兒，咱們今日受人禮遇，為什麼？是因為咱們身上這身白衣代表的是國師府，人家看的是國師大人的面子，如果沒有國師大人，咱們只是平常百姓，那些權貴又豈會多看咱們一眼？」

離兒諷刺地笑了笑，輕輕搖頭。「不會，平民在他們眼中，不過跟螻蟻一般，什麼都不是。我不怕告訴妳，我喜歡吳師兄，不只他長得英俊，更因為他的身分地位，以及頂著國師大弟子的名頭。

「倘若他沒有這些身分，沒有地位帶來的權勢，我不會看上他。憑我的姿色，在我家鄉，也不是沒有英俊的男人想娶我，但我不願，因為我想要的更多，我想像那些貴人一樣，站在高處睥睨人群，我想令人羨慕、受人仰望，出門有護衛馬夫，在家有傭僕伺候。

「我要往高處爬，只要有任何機會，我都會把握。白衣弟子的身分就是我的跳板，讓我有機會接觸貴人，我知道吳師兄對誰都好，也知道許多師姐、師妹也都喜歡他，有沒有桃曉燕，其實都一樣。」

她看向慕兒，收起笑容。「吳師兄是公主的表哥，將來肯定會娶公主，其他女人只能做妾。」

慕兒愣怔，她茫然了。「既然如此，那師姐妳對他……」

離兒勾起一抹笑。「吳師兄身邊會有其他貴人，我接近吳師兄，其他貴人才有機會看見我，總會有那麼一個被我迷住，非我不娶的。」

慕兒瞪大眼，她從來不知道，離兒師姐藏了那麼多的心思，竟然是這麼打算的。

離兒嘆了口氣。「妳啊，心思直，人也單純，可別學我哪，妳不適合嫁給權貴大官。」

慕兒嘟嘴。「我又沒說要嫁給貴人大官什麼的。」

離兒笑笑。「那就好。」她的目光又朝門外看去。「吳師兄這一回，可遇到對手了。」

「咦？怎麼說？」

「妳覺得跟吳師兄比，咱們國師大人如何？」

慕兒想也不想地回答。「當然是咱們國師大人更好了。」慕兒是國師的仰慕者、崇拜者以及忠心者，國師大人在她心中永遠排第一，她對國師絕對忠誠，甚至，她以國師的喜好為喜好，連國師收妖女為徒，她都認了。

離兒點點頭。「是了，不只妳，任何人都會認為國師大人更好，既如此，桃曉燕連國師大人都不在意了，妳覺得她會在意吳師兄？」

慕兒呆住，離兒師姐這句話還真點醒了她。

是啊，桃曉燕連國師大人都敢惹，這樣的女子，豈是那麼容易被其他男人迷惑的？

離兒輕笑。「如果桃曉燕能讓吳師兄吃虌，我以後一定與她稱姊妹，畢竟，她敢做我們不敢做的事，這一點，我很佩服她。」

慕兒又糊塗了。

「為何吳師兄吃虌，妳要與她做姊妹？」

離兒搖搖頭。「傻呀妳，當然是因為她替我報仇啊，吳師兄給了我做妾的希望，到頭來卻又讓我失望，讓我白白等了他兩年，最後他什麼承諾都沒給我，我恨呀。」

慕兒又聽得啞口無言了，最後離兒笑笑地摸摸她的臉。

「總之，咱們拭目以待，若我沒猜錯，桃妖女肯定會教訓他。走吧，陪我練練劍，消消氣。」

不理會慕兒瞪大眼，她拉著慕兒就走。

其實，離兒還真說對了，桃曉燕確實是想教訓吳衡。

沒辦法，這人有一張和許彥一樣的臉，每回看到吳衡，桃曉燕就會想起那些投資一去不回的錢。

許彥是一線小生，她捧紅他，他卻違約跳槽，害她損失不少，所以她看吳衡會順眼才怪。加上這人第一次見面就對她不懷好意，她可沒忘記這傢伙當初可是拿飛刀射向她。

吳衡確實是故意來等她，以護送她回桃家之名藉機接近她。

他五歲就跟著司徒青染，師父是什麼性子，他非常清楚，師父根本不可能收她為徒，是這妖女死皮賴臉地賴著師父，師父不過是沒有言明拒絕，但也沒親口答應。

因此，當公主表妹向他告狀時，他便找上妖女，單獨會會她，想知道她的能耐？

豈料，沒想到師父真的重視她，不但讓她把玲瓏帶在身邊，現在從慕兒口中得知，師父親口承認收她為徒。

為此，吳衡不得不今早趕過來，一來是想試探她，二來他怕妖女告狀，說他曾經半夜潛入她房中行刺。

桃曉燕不怕吳衡，她倒想瞧瞧，他這次來是想像上回那樣威脅她，還是想警告她？

吳衡盯著她，見她目光絲毫不迴避，也同樣回視他，他在心中暗詫，但面上依然保持微笑。

「看來，妳一點也不怕我。」

「怕也沒用，怕了，難道師兄就放棄為你表妹報仇了？」

當馬車裡只有兩人時，他們都卸下彼此的偽裝。

「我表妹貴為公主，妳卻將她打到地上，我替她報仇，妳不覺得是應該的？」

「她是你表妹，但我是你師妹，你想報仇，就不怕師父怪罪？」

「確實現在有點棘手，我沒想到，師父會收一個妖女當徒弟。」

桃曉燕目光閃了閃，從對方的語氣中能感覺到，此人對妖魔嫉惡如仇，若他知道他師父有一半的血統是魔……

「那可真是委屈您了，與我這個妖女成了師兄妹。」如果用言語就可以刺激她，她早不知死幾次了。

「吳師兄護送我回桃家，就是為了跟我說這些？」

吳衡笑道：「護送妳是真，如妳所言，畢竟妳現在是我師妹嘛。」

桃曉燕笑逐顏開。「既如此，就多謝吳師兄了。」她突然打開車夫後頭那扇小窗，對車夫吩咐。

「往東市走，去桃家商鋪。」

# 第十七章

他要護送她，她就讓他護送，不但讓他護送，還要他把這件事貫徹到底。

本來她打算直接回桃家，但現在她改變了主意，先去桃家商鋪巡視。

桃家共有五間商鋪，馬車停在門前的這家是藥鋪。

慕兒為她安排的國師府馬車又寬大又舒適，甫一出現在東市大街上，就引來四周人的注目。

尤其當吳衡下了馬車，人群裡更是傳來此起彼落的抽氣聲。

公主的表哥，百姓或許不清楚，但如果是國師的大弟子吳衡，百姓肯定認得。

吳衡早就習慣接受他人的景仰，因此不覺得有什麼，而在他下了馬車後，後頭的桃曉燕也跟著要下車。

她很自然地伸出手，要他幫忙扶一把。

面對笑咪咪的她，吳衡不得不給她這個面子。

他也笑，舉起手臂讓她撐著，安穩地踩著矮凳下來。

「謝謝師兄。」她清靈悅耳的嗓音，在安靜的四周聽來，分外清楚。

吳衡笑而不語。

在他看來，姑娘們想借他的光出出風頭是很正常的事，畢竟這麼多年來，他遇到的都是這樣的姑娘。

可惜他對桃曉燕了解不夠，桃曉燕今日的確是要借他的光，但不是為她自己，是為了她的商鋪。

當年她捧許彥，也帶他參加各種大小商會。許彥是演藝人員，桃曉燕幫他介紹大老闆，替他牽線，暗示、明示這些企業大老闆在打廣告時，可以考慮用新人來拍自家的廣告。

現在，她帶著吳衡——這位國師府的大弟子，一起來巡她家的商鋪。

眾人瞧見國師大弟子與桃家大姑娘一塊兒走進了桃家藥鋪。

桃曉燕吩咐下人好生招待著，吳衡在一旁喝茶時，桃曉燕就在一旁看帳本。

吳衡生於官宦之家，加上自幼就被發現有仙根，被國師大人收為仙徒，可謂一出生就是人生勝利組。他從不缺銀，因此對於做生意這事完全一竅不通，絲毫不知道自己成了桃曉燕打廣告的主角。

桃曉燕要來紙筆，開始計算。

吳衡見她寫了一些奇怪的文字，其實也不像文字，而是一些彎彎繞繞的簡單線條，是他從沒有看過的。

他就算不懂做生意，也見過自家娘親在管理帳目時，一旁的管事會用算盤打給他娘親看。

可桃曉燕從頭到尾都沒有用算盤，只是寫了一些奇怪的字，就對掌櫃說：「這帳目不對，少了三百兩。」

掌櫃聽得一頭冷汗。「大小姐，這……這不可能，這帳目，咱們已經算了三天，不管怎麼算，都是這個數字呀。」

桃曉燕笑一笑，突然問他。「你是二爺的妻舅吧？」

掌櫃叫林魁，聞言立即變了臉色。

他是桃老爺二弟家的遠親，這事一直瞞著。五年前，二爺將他安插在藥鋪裡做二掌櫃，後來桃曉燕與二爺家鬥上，辭去一批人，當時林魁心裡七上八下，害怕自己也遭了殃。

可當時不但沒有查出他，他還因此從二掌櫃升為大掌櫃。

他一直戰戰兢兢地做著藥鋪的工作，克勤克儉，安分守己，卻沒想到，到頭來，還是被大小姐發現了他的身分。

他心灰意冷，在大小姐點出他隱瞞的身分後，他便明白少了三百兩只是一個理由，大小姐是要藉此讓他走路。

「我明白了，我現在就立刻辭去掌櫃一職。」

「誰說要你辭了？」

林魁臉色再變，看著桃曉燕笑笑的表情，他落寞道：「我明白了，這少掉的三百兩，我會賠。」

「我也沒叫你賠啊。」

林魁愣住，一臉疑惑。「大小姐的意思是……」

「上個月搗藥的陳師傅跌斷了腿，你抓了藥給他醫治，是吧？」

林魁立即正色道：「我確實是抓了藥，但這筆藥錢我是用自己的月銀去貼的，絕對沒有白拿藥鋪的。」

見林魁激動得臉紅脖子粗，桃曉燕立即拿起茶壺幫他倒了杯茶。

「鎮定鎮定，我沒說你白拿，我只說藥鋪應該要少三百兩才對，搗藥的陳師傅年紀一大把，在桃家藥鋪做了一輩子，他老了、傷了、病了，該我桃家出銀子才對，怎麼可以讓你自己破費呢？」

林魁一愣，怔怔地看著她。

桃曉燕把茶杯推過去。「喏，喝杯茶，我是來算藥鋪的帳，不是找你算帳的，你花出去的三百兩，我補給你。」

林魁至此才明白，原來大小姐都知道，不但知道，還不怪他，林魁覺得自己好像作夢似的。

「大小姐……」

「雖然你是二爺的妻舅，但這麼多年來，你兢兢業業地做事，安分守己，我桃曉燕要的是守規矩的人，我也很惜才，你一直把帳目管理得很好，唯一的缺點就是愛自己貼銀子，這可不行，凡是跟了我的人，我從不虧待他們，因此這三百兩，我給你補上，不僅補上，還要加你月錢。」

林魁怔了怔，繼而紅了眼眶，什麼話都不說，就跪下來給她磕頭。

桃曉燕想阻止他，但她一動，某個地方又疼了，忍不住暗罵司徒青染，但面上還得裝作鎮定。

「起來吧，我要的是你的忠心，只要你忠於我，你是誰的妻舅都無所謂。」

林魁抹了眼淚，一臉感激。「謝謝大小姐，我林魁做事全憑良心，大小姐願意用我，我絕對忠於大小姐。」接著恨恨道：「我姊已經與二爺和離了，因此我也早就與二爺沒關係了。」

他姊與二爺年少夫妻，後因二爺致富，娶了妾，寵妾滅妻，他姊就和離了，對二爺家，林魁是一點都不喜。

無奈曾經與二爺家做過親戚，他這份差事又是託二爺的福才有的，心中再不喜也只能忍著，當二爺的人被大小姐清洗一遍時，他以為自己保不住，也必然被趕出去。

雖然最後他幸運地留下了，但從此便帶著忐忑不安的心，一直戰戰兢兢地過著日子。

如今大小姐一席話將他日夜擔心的問題解決了，還對他許諾，讓他能繼續在藥鋪做掌櫃，從此不必再遮遮掩掩，怎麼不叫他感動？

他把大小姐當成了再造恩人。

吳衡在一旁看著，聽桃曉燕對林魁說了一些勉勵的話後，便將帳本遞還給他。

兩人離開藥鋪，上了馬車後，吳衡笑道：「妳倒是懂得御人之術。」

桃曉燕抬眼看他。「喔？怎麼說？」

「先抓住他的弱點，讓他以為自己完了，然後再針對他的弱點，施以恩惠，讓他心生感激，從此把妳當成大恩人，忠心不二，這便是御人之術。」

桃曉燕彎起嘴角。「讓師兄見笑了，我這雕蟲小技，師兄一眼就看出來了。」

吳衡語帶傲慢，嗤笑道：「這御人之法，對付那些愚蠢的百姓或是奴才有用，但對聰明人是不夠的。」

「喔？對聰明人該如何？」

「得施壓，因為聰明人不容易感恩，不如掌握住弱點，直接施壓，還來得有用。」

桃曉燕眨了眨眼。「師兄覺得這方式對聰明人才有用？」

「不錯。」

她點點頭。「原來如此，那麼上回師兄半夜潛進我的閨房，拿刀子威脅我，也是為了給我施壓？」

吳衡頓住，見她收起了笑，暗叫不好。

「關於這事，我一直想向師妹道個歉，上回是因為對師妹有誤會，後來去查，才知道事情的起因是表妹不對，還請師妹別記恨，師兄在此向妳賠個不是。」

桃曉燕一臉幽怨。「師兄可知，公主不但想毀我容，還想致我於死地呢，上回師兄闖我屋子，幸好玲瓏在，不然我已經死在你的刀下了。」

「是我太衝動了，這事我一直覺得愧疚，今日才想趁著護送師妹的機會，跟妳親自賠罪。」

桃曉燕低頭不語，以沈默代替回答。

吳衡連連賠罪，說自己也是受了表妹的欺騙才會誤解她，以後不會了。

桃曉燕這才抬起頭看向他，接著嘆了口氣道：「師兄放心，我明白了，師兄不是故意的，因此我不會向師父告狀的。」

吳衡一臉感激，頻頻拱手。「多謝師妹寬容，以後師妹有什麼需要的，告訴師兄一聲，我做師兄的一定幫妳。」

她再度展顏歡笑。「那就先多謝師兄了。」

吳衡鬆了口氣，他就怕她跟師父說，現在得了她的話，總算放了心，過了一會兒，他臉色一僵。

這御人之法，對付那些愚蠢的百姓或是奴才有用，但對聰明人是不夠的。

這句話他才剛說過，那麼他自己向她賠不是，接著又感激的向她道謝，豈不是打自己的臉？

他抬頭看她，正好對上她促狹的笑容，這才知道自己被她耍了！

吳衡臉色難看。這女人……

桃曉燕見他終於想到了，也不怕得罪他，笑道：「師兄別氣，開個小玩笑而已。我這人呀，就是這麼皮，假來假去的多累人，不如咱們以真性情相處，實話跟你說，我的確是記著上回的恨呢，畢竟事關性命，哪能那麼容易忘記？你說是不是？」

吳衡防備地看著她。「妳待如何？」

「不如你幫我一個忙，咱們就算扯平了，如何？」

「如何幫？」

桃曉燕笑了。「瞧師兄嚴肅的，放心，不是叫師兄去殺人放火，就是以後若有人欺負我，也請師兄幫我出出氣吧。」

吳衡聽了，心下再度鬆了口氣，神情也緩和不少。

「師妹客氣了，我剛才說了，上回是一場誤會，如今妳是我師妹，我做師兄的自是會護著妳。」

「那就多謝師兄了。」

兩人把話說開，氣氛輕鬆不少，不管她是不是真不計較，而他是不是真的會護她，至少把事情放到明面上講，總比猜疑彼此的好。

桃曉燕稍稍掀開車簾，看著外頭的風景，光線從窗外投入，在她精緻姣好的臉上投射出明暗，讓她的五官也更立體。

吳衡或許是心情好，此時才有興致打量她。

公主是個美人，他疼她除了表兄妹這層關係，也因為公主生得花容月貌，賞心悅目，否則那麼多表妹，他為何獨獨寵公主？

吳衡是權貴子弟，有傲慢的本錢，公主被打代表權貴的尊嚴被挑釁，加上打人的是妖女，他身為仙人弟子當然不能容許，因此這兩層原因加在一起，讓他毫不猶豫地半夜闖入桃曉燕的閨房，對她起了殺心。

誰知世事難測，師父竟如此重視她，讓他不得不重新斟酌對她的態度。

今日與她共乘馬車走訪，除了做給師父看，也是想乘機給她下馬威，但吳衡發現，對她似乎有些無處下手，不但下馬威不成，還不知不覺被她的話牽著走，現在還欠她一個人情。

如果她藉此威脅他，他會生氣，絕不容許妖女騎到他頭上，但她提出交換的條件，讓兩人恩怨抵消，他倒是挺樂意的。

不得不說，這妖女挺會做人，既不得罪他，也不逢迎他，倒讓他因此對她高看了一眼。

這就是師父收她為徒的原因？

不，不可能。

吳衡五歲就跟著司徒青染了，師父有多麼油鹽不進，他最清楚不過，為了此事，他試著向師父探聽過，師父只瞧了他一眼，他就不敢再多問了。

逼不得已，他只好轉向其他白衣弟子打聽。

慕兒和離兒是伺候師父起居的人，他知道離兒喜歡他，因此他也趁此接近離兒，因為他需要一個離師父最近的人，當他不在京城時，這個人可以當他的眼睛。

這是生在權貴之家的毛病，為了鞏固自己的地位，喜歡安插自己的眼線，收買人心。從帝王到七品小官，再到後宅婦人，都不例外。

可惜的是，離兒雖然願意討好他，卻也無法進入師父的內院；慕兒倒是能進去，但那丫頭對師父十分忠心，嘴巴很緊，他若是問太多會讓慕兒起疑，傳到師父那兒就不好了。

師父為何收妖女為徒，到現在仍是個謎。

若說師父看上妖女的美色？不可能。

吳衡相信，全天下的美人送到師父面前，在師父眼裡就只是根木頭罷了，師父看女人與看貓狗沒兩樣。

吳衡絞盡腦汁都想不通師父為何會收桃曉燕為徒？他更不知道，桃曉燕名義上是國師的徒弟，實際上已經是他的女人了。

接著桃曉燕又去巡視第二間鋪子，兩人既然在馬車上說開了，便開始演繹好師兄及好師妹。

照例，桃曉燕看著帳本，拿了紙筆，在紙上寫了些吳衡看不懂的東西。

「妳在寫什麼？」他終於忍不住問。

桃曉燕寫著阿拉伯數字和加減乘除，嘴裡卻回答他。「這是我鋪子賣的東西，我給它做個記號，簡單好記。」她才不告訴他呢，他若知道加減乘除的好用，肯定要學。

桃曉燕擁有現代的一些知識，她只打算自己用，並不想向古人炫耀或賣弄。

每個世界有它的遊戲規則，她不想打破也不想改變它，所以看帳本時她計算的紙張，事後全部都會燒掉。

她穿越到古代後，一直保密自己來自異世，唯一坦白的對象只有冉青，連她爹娘都沒說。

想到冉青，她心頭隱隱作疼，但她必須沈住氣。

要救冉青出來，得先說服司徒青染，要說服司徒青染這個人，絕對不能操之過急。

巡視完第二間鋪子，桃曉燕對吳衡建議道：「師兄，咱們換一輛馬車吧，免得勞師動眾。」

國師府的馬車一出動，街上百姓全都要讓路，或跪拜、或瞻仰，他們只是去巡視鋪子罷了，不想這麼擾民。

吳衡對此倒是挺意外，畢竟能坐國師府的馬車是一件極有面子的事，誰不想出風頭，他只當這位師妹是想在他面前表現謙虛的一面罷了。

「也好，就依妳吧。」他要當個好師兄，在小事上便讓步，何況只是換個馬車罷了。

吳衡讓自家國師府的馬車先回去，坐上了桃家商鋪的馬車。

「去四季飯館。」桃曉燕朝自家車夫吩咐。

每家桃家商鋪都備有馬車，馬車上有桃家的標誌，雖不如國師府的馬車那般寬大——在階級分明的大靖朝，平民和貴族的馬車尺寸都有規定，她不能逾矩，所以她只好在內部裝潢花心思。

馬車內不但有特別訂製的抽屜櫃，可以擺放一些日常用品，還有可以當電風扇的小風車，以及睡覺用的頸枕、眼罩，以及飲料盒和零嘴盒等等。

吳衡第一次見到這種內部裝設，感到十分新奇。

像他這種貴公子，自家馬車也是十分豪華，但卻沒有像她的馬車這樣，有這麼多的……該怎麼形容？功用？沒錯，功用，不但有各種功用，而且用起來十分便利。

例如那個放水的罐子和吊起來的巾帕，還有一格一格可以抽出來的盒子，有多寶槅的功能，但比多寶槅更方便。

吳衡饒富興味地打量那些樣式新穎的抽屜，雖然樸實，但真的挺別緻。

「哪個木匠想出來的玩意兒，真不錯，我也找他做一個。」

「不是木匠想的，是我。」

「妳？」吳衡詫異，沒想到這些都是她想出來的。

「師兄喜歡的話，我讓工匠做出來送給你。」

兩人在馬車上便聊起這些櫃子的功用，桃曉燕不過是把現代汽車裡的裝設概念拿到古代應用罷了，然後再依據馬車的空間加以改良。

兩人在馬車上討論時，突然一個緊急煞車。

「呀——」桃曉燕驚呼一聲，整個人往前撲，一不小心就撲進吳衡的懷裡。

吳衡順勢將她接住，他沒有多想，只不過當胸膛感覺到女人身子的柔軟時，他愣住了。

桃曉燕從他懷裡抬起頭，擰著眉頭問：「老趙，怎麼回事？」

老趙是她的車夫，駕車向來很穩，若不是有狀況，他不會急剎。

透過小窗，老趙回覆道：「大小姐，有人躺在路上。」

吳衡聞言擰眉。

桃曉燕依然坐在他懷裡，不羞不臊，四平八穩地問老趙。

「可以繞過去嗎？」

「不行，有十來個人擋在路上。」

吳衡正想開口問那些是什麼人，對方已經開始叫囂。

「撞死人了！你們的馬車撞死人了！」

吳衡愣住，看向桃曉燕。

懷裡的女人也抬高下巴看他，奇怪地問：「不是躺在路上嗎？怎麼會說咱們撞死人了？」

吳衡也不是吃素長大的，也見過這些死皮賴臉的事。

他沈下臉色，冷冷說道：「好大的膽子，敢當街行騙。」

「當街行騙？師兄的意思是說……」

「市井無賴看上妳的馬車，想訛一筆銀子呢。」

桃曉燕露出驚訝之色，由於她還坐在他懷裡，他可以感覺到女人身子驀地緊繃。

每個男人的體內天生藏著一種英雄魂，見美人依賴他，這抹英雄魂很容易發作。

吳衡輕拍她的背以示安撫，此時他都忘了她是妖女，有他在，若是有人當著他的面欺人，他的顏面何在？

驕傲如他，貴公子不可能讓市井無賴騎到他頭上。

「繼續前行。」吳衡冷聲命令。

前頭的老趙驚訝，有些不確定，連桃曉燕也瞪大眼。

吳衡此時笑得既冷又狠，那是站在高位的人睥睨螻蟻的冷漠。

「既然說咱們的馬車撞死人了，那就成全他們，馬車直接駛過去，後果本公子會全權負責。」

懷裡的女人面露佩服，對車夫道：「老趙，聽他的。」

老趙得了大小姐的命令，應聲道：「得令，駕！」

馬車動了，他們聽到馬車外的喧譁，有尖叫聲、咒罵聲，接著還真的晃動了一下。

馬車直接把人輾過去後，老趙又問：「大小姐，咱們還去四季飯館嗎？」

桃曉燕沒回答，而是看向吳衡。

吳衡接收到她求教的目光，心裡頗為愉悅，他直接給了回答。

「去，當然要去，本公子倒要看看，是哪個不要命的傢伙行這種勾當？」

桃曉燕心裡冷笑。

你很快就會知道了，肯定是你那陰魂不散又死皮賴臉的公主表妹。

# 第十八章

桃曉燕挑人的眼光很準，車夫老趙是個跑江湖的，會點功夫。馬車輾過去時，他稍微扯了下韁繩，只從那人的腿上輾過，不會死人，頂多廢了雙腿。

下命令的是吳衡，但駕馬的是他。人死了，吳衡沒事，他這個奴才有可能會當替死鬼，但又不能違抗貴人的命令，因此老趙一扯韁繩，折衷一下，輾過去但不輾死，既順了貴人的意又不至於賠一條人命。

他能想到這件事，桃曉燕也能想到。

桃曉燕來到古代，並不會被古代的思維困住，只要是跟了她的人，對她忠心耿耿，她都會護到底。

當那群市井無賴追上來將馬車團團圍住時，桃曉燕當然不會傻得下車，而吳衡貴為國師大弟子，自是不會當縮頭烏龜，相反的，這正是他在人前大顯身手的好機會。

他學仙術許久，師門規定除非他人先挑釁，否則不可擅用仙術。

吳衡不敢違抗師令，只能遵守，但現在有人不要命的來找碴，吳衡總算可以光明正大地教訓人，況且桃曉燕也用一雙期待的目光看著他。

他就讓她瞧瞧，仙術是怎麼用的。

不管是哪裡的男人都有一個共通點——死要面子。

桃曉燕見吳衡下了馬車，打算教訓那些人，她在心中比了個YA，也跟著下了車，很小鳥依人地躲在他身後。

那些叫囂的市井無賴只認得國師府的馬車，換了馬車後，見到吳衡現身，只當他是哪家的小白臉罷了。

有眼無珠，就是指這些拿錢辦事的人。

面對這些無賴，吳衡只是手一動，腰間的劍就飛了出去。

那把劍還沒砍到人，只稍看這一幕，圍觀的百姓立即有人驚呼——

「是仙人！仙人！」

市井無賴一聽到仙人，大驚失色，立即四散逃開。

吳衡哪裡可能讓他們走？他這一出手，非有個結果不可。

出鞘的劍如蛟龍在空中飛翔，又如流星劃過天空，穿透每個人的腿骨，最後回到他手上。

百姓見狀，紛紛跪拜。

吳衡這一手還真是漂亮……桃曉燕已經見過司徒青染的仙術，吳衡是第二個，同樣令她震驚，感到不可思議。

吳衡偏頭看她，瞧見她吃驚的模樣，他勾起唇角，臉上有著身為仙人徒弟的驕傲。

桃曉燕震驚過後便是羨慕和嫉妒，會仙術真好啊，打架都方便。

那些市井無賴被傷了腿，無法逃，紛紛改成跪姿求仙人原諒，但其中一人卻趴在地上，抬頭看向對街的茶樓。

桃曉燕心思一動，立即上前對吳衡說：「那個人沒有求饒呢，他一直看著茶樓，應該是受人指使的，而這個人就在茶樓看熱鬧。」

吳衡聞言，立即看向那人，發現此人面色驚恐，不斷看向茶樓。

他順著那人的視線朝茶樓看去，發現二樓的窗臺上有人在打手勢。

吳衡瞇起眼。聰明如他，看出了門道。

「哼，真正的主使者在樓上看熱鬧呢，想逃過本公子的眼，沒門兒。」

他撩起衣襬，施展輕功，幾步過去抓起那無賴，接著又拔地而起，飛向對面茶館二樓。

桃曉燕就像看功夫片似的看著吳衡抓著人犯去找幕後主使者，然後，她回到馬車上等待著。

過了一會兒，有人匆匆而來，原來是茶樓的店小二奉命來向她通報。

「姑娘，吳公子讓小的來轉告您，他臨時有事不能陪姑娘，還請姑娘自行去飯館，他日後再賠禮。」

桃曉燕笑了笑，突然給他一錠銀子。「說吧，上頭發生什麼事？」

店小二得了錠銀子，笑逐顏開，立即把自己瞧見的說予桃曉燕聽。

原來吳衡抓了人，飛上二樓找主使者算帳時，卻見到了熟人，這熟人還是一位姑娘。

桃曉燕不用問都知道是誰，肯定是他的好表妹，傲慢又任性的公主殿下。

據店小二形容，吳衡一見到那姑娘，臉都綠了，最精彩的是，那無賴一見到那位姑娘身旁的下人，立即向吳衡求饒，把鍋甩給那位下人，說是他指使的。

桃曉燕恍悟，心想肯定是公主身邊的太監。

「姑娘您不知道，那位仙人公子見到那姑娘時，臉色有多難看，而那位姑娘竟然還罵他不該插手，惹得那公子左右不是人。」

桃曉燕聽完，又給了茶樓店小二一袋銀子。「賞你的。」

店小二在茶樓當差，人來人往，見識不少，從沒有一位貴人給的賞銀是一袋銀子。感受到手上沈甸甸的重量，直把他樂壞了。

「多謝姑娘！」

桃曉燕笑了笑。「這一袋銀子是給你跑路的，記得要攜家帶眷，能走多遠就走多遠吧。」

店小二愣住，接著變了臉色，慌忙朝桃曉燕下跪。「多謝姑娘提點。」

貴人最重什麼？面子！仙人和那位姑娘失了顏面，肯定會想要封口，而他們這些旁觀的市井小民就要遭殃了。

枉費他跑堂那麼久，見識了那麼多，竟沒想到這一層，幸虧這位桃家大小姐願意提醒他，不但提醒，還給他上路的盤纏。

店小二不敢耽擱，對救命恩人誠心誠意地磕頭。

「姑娘是個菩薩，您的恩情，小的謹記在心，若有機會一定回報，願姑娘一生平安順遂。」

桃曉燕笑著點頭。「借你吉言，快去吧。」

店小二再度磕了個頭，接著匆匆起身，連向茶樓掌櫃告假都沒有，便急急走了。

桃曉燕吩咐老趙啟程，該往哪裡去就往哪裡去，該做什麼就繼續做什麼，完全不受影響。

反正她的目的已經達到了，當吳衡說要護送她時，她就想到了這個計劃，她也只是想想，畢竟也要天時地利人和，誰知公主當真給力，她一換馬車，公主壓著時間點就出現了。

「緣分真是奇妙啊……」桃曉燕一人躲在車廂裡放肆地狂笑，吳衡現在肯定很頭大。

在現代，王巧玲和許彥兩人就搞在一起，因此桃曉燕有種直覺，公主和吳衡是表兄妹，說不定她加點催化劑，也能讓這兩人把緣分結得深一點。

沒想到，還真的成功了。

她總算把公主這個禍害成功丟給吳衡去處理，讓他瞧瞧他的好表妹是個什麼樣的女人。

桃曉燕巡視完五間鋪子後，便直接回桃家。

見到久違的女兒，桃謹言和桃夫人皆十分驚喜。

「如何呀女兒，身子可鍛鍊好了？」

桃曉燕不在的這一個月，桃家人都以為她在國師府鍛鍊，國師府還定期派人送信回來，讓桃家人知曉她過得很好。

桃曉燕可沒做過這些事，那時她進了黑牢，何年何月可以出來都不知道呢。放出消息說她在國師府又定期送消息的，肯定是司徒青染的意思。

她本來還在想要如何跟家人解釋她消失了一個月，現在不用了，司徒青染都幫她想好理由了。

她與爹娘聊了家中的現況，桃夫人笑道：「現在呀，一堆帖子寄來要給娘，娘本來不知該不該赴約，畢竟那些貴人，咱們不敢得罪，正在猶豫，有白衣弟子主動來幫咱們過濾帖子，可省了我不少麻煩。」

桃謹言笑道：「國師大人對妳可真好，咱們家是祖墳冒青煙，出頭天了。」

桃曉燕在桃家陪爹娘聊天，住了一晚，隔日一早，便有馬車來了。

竟是國師府的馬車，來的人是慕兒。

「大師姐，該回國師府了。」

桃曉燕瞪眼看她，慕兒也瞪回去。

「妳怎麼來了？我才回來一天耶。」

「我有什麼辦法？師命難違，妳不知嗎？大、師、姐。」

桃曉燕抿了抿唇。

若是以往，她一定死皮賴臉的不聽，可是想到她還要救冉青，這時候可不能惹司徒青染不快。

沒辦法，她只好告知爹娘，哪知爹娘聽了，立即勸她快點回去。

「國師大人派人來接妳，可見多看重妳。」

「既然國師大人叫妳回去，妳可不能耽擱。」

「……」看著爹娘的笑容，她覺得自己真是白擔心了，女兒有沒有在身邊，他們不會捨不得，還叫她快快回國師府。

也罷，去國師府就去國師府，她還有正事要做。換個角度想，爹娘說得對，司徒青染派人來接她，代表重視她。

男人對她正是稀罕時刻，她得把握這個甜蜜期，這時候要求司徒青染成全她的心願，成功機率比較大。

桃曉燕吩咐管家給她裝箱籠，把她平日喜歡用的東西全部帶走。

慕兒看著這些箱籠，一個頭兩個大。

「國府師什麼都有，缺的再買就行了。」

「才不，有些東西是訂做的，別的地方可買不到。」

「什麼東西這麼稀罕，國師府會沒有？」

「例如這件內衣啊，哪家有？」

慕兒再度瞠目結舌，因為桃曉燕給她看的是兩點式胸罩。

慕兒臉都紅了。「放下、放下！」說著還左右瞧瞧，怕被人瞧見。

她就算是第一次見到，也猜得到那是穿在哪裡的，因為那形狀太露骨了。

「這裡是我的閨房呢，除了妳我，誰看？」桃曉燕嘻嘻笑，趁此逗逗她，跟她分享這款形式的好處，以及跟肚兜的差別。

慕兒不想聽卻又好奇，撓心撓肺地掙扎，最後還是半推半就地聽完桃曉燕的解說。

兩人身高和身形差不多，因此桃曉燕大方地塞給她一件，叫她在銅鏡前試穿，就知道美在哪裡了。

整理好需要攜帶的日常用品，裝箱後，便叫車夫搬上馬車，離開桃家，返回國師府。

桃曉燕一回到羽鶴院，就忙著整理東西。

她一邊整理，一邊思考。

司徒青染讓她住在國師府裡，倒省了她不少事，不然她還得找理由到國師府接近他。

只不過……她該如何向他開口要人呢？

黑牢是他的地盤，妖怪是他的手下，跟他要一個手下來，他不至於這麼小氣不給吧？

他這人向來捉摸不定，她吃了好幾次虧，必須小心，冉青還等著她呢。

她想得太專注，加上某人有無聲無息的本事，所以當身後冒出一雙手臂將她摟住時，她驚得差點沒尖叫出聲。

桃曉燕被嚇到心臟差點跳出來，氣得想罵人。他就不會敲個門嗎？不過話到喉間，就硬生生吞下了。

不能生氣，得討好他才行。

「妳不高興？」男人的嗓音在耳旁呵著熱氣。

「才沒有呢。」

他確實感覺到她適才的不悅，以往，他不在意她，因為她的喜怒哀樂都與他無關。但現在她是他的女人了，對於自己的女人，他會全心全意地在乎，她一個眼神、一個舉動，甚至她的呼吸脈動，他都會感受得到。因為她體內已有他的精血，將來她若是遇到危險，他就算在千里之外都能感應到。

他沒告訴她這件事，因為不需要，他知道就好。

大概是嚇到了，她明明不悅，卻又否認，表示她也在乎他，這讓他很愉悅。

又瞧見她帶了一大箱籠的東西過來，她果然也迫不及待想住在這裡，想待在他身邊，這樣的表現更讓他高興。

仙人冷漠，但是魔族很熱情。

半魔半仙的他，隱藏的熱情因她而生，再也不用壓抑，也毋須壓抑。

他的唇貼在她的頸子上，感覺到皮膚下的動脈因他的吮咬而加快。

桃曉燕還在思考怎麼開口，這廝就神不知鬼不覺地冒出來，看來她以後得習慣這廝動不動就出現的情況。

以往她也住過國師府，但他從不出現，她得自己想辦法去接近他。

男人對她生出了慾望，她沒拒絕，告訴自己放鬆，只要享受就好。

問題是，她的身子才剛破身，下面還疼著呢，一想到這男人外表清冷，骨子裡火熱得很，她就猶豫要不要這麼快就承受他第二次的折磨。

身隨意動，人或許可以假裝，但有些細微的反應是裝不來的，因為那是人最自然的反射動作。

司徒青染能感覺到最細微之處，她的排斥逃不過他的眼。

她不願？

這個發現令他一怔，因為他從未被女人拒絕過，只有他拒絕女人的分。

他體內騷動的魔之因子蠢蠢欲動，她為何拒絕他？為何排斥他？

桃曉燕背對著他，因此沒瞧見他黑瞳裡閃爍的紅光，似帶血的紅，又似焰火的光。

那是魔的躁動。

她是成熟的大人，有一顆成熟的心，很快就調適好自己的情緒。

救冉青是她的目標，必須貫徹到底。

將目標設定好，她整個身子便放鬆下來，融入他有力的擁抱。

她歪著頭，露出一截頸子，讓他吻得更方便，而她一手覆蓋在腰間的手臂上，另一手則舉起來，撫上他的面頰。

這個舉動奇異地安撫了司徒青染的躁動。

她沒有拒絕他。

司徒青染吻得更深，從脖子吻到她的耳，大掌游移到她胸前的柔軟。

桃曉燕感覺到他的技巧進步了，男人對於這種事果然學得很快。

她撇撇嘴，接著閉上眼，讓自己融入，與他開始糾纏。

不過，要她再痛第二次可不行。

「還疼著呢，你要溫柔點，我可禁不起太大力的折騰。」

司徒青染頓住動作，移開唇，問道：「妳會疼？」

桃曉燕沒好氣地回答。「當然，你不知道女人第一次都會疼嗎？我不但疼，而且疼死了，你要知道，那塊處女膜是長在我們女人身體裡，被你們男人弄破就跟受傷一樣，所以才有處子之血啊。」

宅男就是宅男，竟然連這個也不知道，為了少受點苦，她趕緊對他講解健康教育。

司徒青染並非不知，只是沒有去細想女人的感受，因為他從沒想過會跟女人親密，因此也不在意處子不處子，但聽她親口說出會痛時，他的眉頭擰緊了。

「妳等著。」他放開她，轉身便走。

來時神不知鬼不覺，走時也像一陣風，一下子就不見了。

桃曉燕被他弄得莫名其妙，她的情慾都被他撩起來了，哪裡想到他會說走就走？也不說去哪裡就把她晾在這裡，真是任性的傢伙。

她心裡腹誹，把身上的衣裳整理好，調整呼吸，壓下慾火，心想還是辦正事重要，遂繼續整理箱籠裡的東西。

誰知整理到一半，那廝突然又「飄」了回來，說是飄，一點也沒冤枉他，跟個鬼似的，沒一點聲息。

腰間被男人的手臂撈起，嗓音在耳畔響起。

「行了，我找到不會讓妳疼的方法。」

桃曉燕還來不及開口問，就被他打橫抱進房——不是寢房，而是浴房。

有潔癖的傢伙做那檔事時，不忘先給她洗澡。

他的動作毫不拖泥帶水，也不忸怩，完全奔著吃她的目的去。

他將她的衣服扒光，看見她的胸罩時，他的目光停留了幾息，眼裡有笑，接著就摸向她的背，把胸罩解開。

當被胸罩束縛的兩粒白包子露出來時，她瞧見他眼底的慾火熊熊燃燒，但此時他還能克制，因為還沒幫她洗澡。

從脫光光到洗刷刷，她都不用動手，只需配合他，男人全程服務到底。

不知怎麼著，桃曉燕立刻想到工廠裡的雞。

有一回受邀去參觀雞肉工廠製作過程，一隻雞從拔毛、沖洗、秤重、肢解到分類都採用機械化，電腦全自動管理。

她現在彷彿就是一隻雞，從剝衣、沖洗、舉手、抬腳、轉身、回身，全都人工自動化。

男人雖然沒有肢解她，但他的眼神已經把她露骨地剝開，在想著待會兒要從哪裡開始品嘗？

當身子洗淨也擦乾後，男人將她抱上床，卻沒有立即壓上，而是撐開她的雙腿。

桃曉燕平躺著，心想這廝該不會又要像第一次一樣，先觀賞一下，才對她開吃？

一股冰涼抹上她的私密處，令她不禁抖了下。

「你做什麼？」她有一絲驚慌，感覺到他在她那裡抹東西，就怕這廝玩什麼SM的怪癖。

「別怕，這東西可以讓妳不疼，反而讓妳舒服。」

司徒青染的力氣大，壓住她的掙扎，不讓她拒絕。

桃曉燕看不到，只能問：「那是什麼東西？」

「一夜銷魂。」

一聽就覺得不妙。

「它有什麼作用？」

「妳下面太緊，又容易緊張，這東西可以滋潤，讓我進入時，妳不會疼，只會舒服。」他頓了下，補了一句。「銷魂得舒服。」

「喔……等等，為什麼我開始覺得全身有點熱？」

「這是正常的。」

「為什麼我覺得下面開始難受了？」

「這也是正常的。」

這位先生，你確定？我不但覺得熱、覺得難受，我還想呻吟，好似有一種想被你蹂躝的慾望。

桃曉燕喘息著，她現在又熱又想要，恨不得他快點進來，而她的雙手已經主動攀上他的肩，她的唇也迫不及待地去親他。

她想磨蹭，想被他壓，想要他更粗魯一點對待她……

她知道了！

「司徒青染你他媽的王八蛋，你對我下春藥！」

司徒青染頓住，直直盯住她。「妳再說一遍？」

再說一遍就說，她不只說一遍，她還要說一百遍！

「你他媽的王八蛋，就罵你了怎麼著！混蛋！色鬼！禽獸——啊——」

他低下頭，咬住她的胸部，還是挑最敏感的粉紅蓓蕾……

# 第十九章

桃曉燕氣死了，自己已經不知第幾次著了他的道。

每當她想相信他、討好他，甚至想好好跟他相處時，他就捅她一刀。

她躺在床上，閉著眼睛，累得不想說話。

吃飽的男人依然意猶未盡地吻著她的背。

她累到不想理人，不論男人事後如何溫柔待她，抱她去洗浴，如何服侍她，她都閉著眼。

男人伸出一根手指，揉著她的眉心。

「怎麼皺眉頭？弄疼妳了？」

司徒青染知道自己這次還是不小心過了，他本來打算讓她舒服的，他知道第一次破她身，弄疼了她，為了減緩她的疼痛，因此他才會給她吃銷魂丹。

吃了銷魂丹的女子，私處充分潤滑，足以承受男人的進入，她自己也能享受魚水之歡。

他很享受整個過程，也相信她是喜歡的，但不明白她為何擰眉？

還是不舒服嗎？是不是他太用力了？

這不能怪他，誰叫她突然罵他。

從他邁向仙途，成了人人景仰的國師後，無人再敢對他不敬。

不論對方是皇帝還是權貴大官，對他只有敬畏和仰慕。

唯獨這女人，得了他的寵，卻還敢直言不諱地罵他。

說也奇怪，她這一罵，讓他的慾火燒得更旺了。

她罵得越凶，他就做得更帶勁，然後一切就失控了。

他生了愧疚，怕把她弄壞了。

知道她裝睡，他也不以為意，只當她是累到不想理人。

異世的女子畢竟跟其他女子不同，脾氣大得很，他待她不知不覺多了分小心翼翼。

因此當注意到她緊擰的眉頭時，他忍不住想哄哄她，學她曾經有的動作，輕點她的鼻尖，問她是不是疼了？

原本閉眼的女子這時睜開眼，靜靜地注視他。

司徒青染本以為她會裝睡到底，他也想讓她好好休息，畢竟她以凡人之身承受他的雨露，確實有可能承受不住。

誰知她突然睜開眼。

面對她的直視，他竟生出了心虛之感。

他想，如果她又罵他，他就讓她罵吧，他不會怪她的。

誰知這女人沒罵他，只是靜靜地看著他，然後吐出兩個字——

「很疼。」

司徒青染更心虛了，他也有些後悔沒控制好自己。

可心虛這種感覺對他而言太陌生了。

他是高高在上的國師，現在卻對一個女人生出了愧疚。

他不習慣這種感覺，也不習慣跟人道歉，更不想看到她皺眉頭。

「等會兒我讓慕兒煮些好吃的給妳補補身子，妳的身子太弱了。」

明明是他太強，卻怪她太弱，這個王八蛋！

桃曉燕垂下眼，不說話。

見她沈默，司徒青染更不自在了，可他從來沒安慰過女人，也不知如何安慰。

在他有限的經驗裡，他願意對人好的方式就是給賞。

他想了想，說道：「妳想吃什麼、想用什麼，我讓慕兒帶妳去庫房挑選。」

桃曉燕心中一動，抬眼看他。「我不要賞銀珠寶。」

「那妳要什麼？」

「我要人。」

司徒青染一怔，直直地盯著她，而她也與他相視，毫不閃躲。

他笑了，將她摟入懷裡。

「傻瓜，我這不就是妳的了嗎？」

有哪個女人敢這麼直白地對他表心意，也只有她敢，但他很喜歡。

桃曉燕被他突然抱在懷裡，就知道他誤會了，心下懊惱，他怎麼沒問她要什麼人呢？

既然誤會了，也不能否認，太傷他面子，得哄著他。

她順勢回抱他。「你哪裡是我的，又不能讓我一人獨享，很多人需要你呢，那些達官貴人都排隊等著要見你。」

「那是他們，我想見就見，不想見，他們也見不著。至於妳，妳不用等，以後妳就住在羽鶴院。」

「好啊，不過……羽鶴院單調了點，我想要一些人來伺候我。」
「行，我讓慕兒安排。」
「不用，我想自己挑。」
「好，我讓慕兒把人找齊了，妳自己挑個順眼的。」
她咬了咬唇。「其實……我已經想好人選了。」
司徒青染頓住，拉開一點距離看她。「誰？」
她目光明亮，做出一臉大發現的樣子。「是個孩子，很可愛呢，可以趁小時候培訓他。」
司徒青染目光閃了閃。
該不會……
「妳要挑孩子？我讓慕兒去找十歲以下的孩子，如何？」
「不用，我只要一個就行了，黑牢中有一個叫冉青的孩子，他頗伶俐的，我想讓他來我院子伺候。」
終於說出來了！
她笑咪咪地求他，只是個孩子，他總不至於拒絕吧？

她沒想到，他還真的拒絕。

「不行。」

「為什麼？」

因為冉青就是他，他就是冉青。

當初他化身冉青，不過是為了方便接近她，也為了隱藏自己每到一個時期，恢復銀髮紅眸的外表。

對他來說，化身成小孩子和狼身是最不費力的，也是他自保的方式。可這個秘密，他還不打算告訴她，也不能答應她這個要求。

「換個人，除了冉青，其他人都可以給妳。」

桃曉燕挺直背脊，堅定道：「不，我就要冉青。」

「不行。」

「為什麼不行？你總得給我一個理由。」

「沒有理由，不行就是不行。」他鐵了心的語氣，等於告訴桃曉燕，他才是作主的人，她就算要撒野，也必須是在他同意的範圍內，否則沒得商量。

桃曉燕的心沈到谷底，瞧他這態度和語氣就知道計劃泡湯了，她打的如意算盤再好，沒有他點頭，冉青就出不了黑牢。

既然如此，那她還討好他做什麼？

她冷淡地離開他的懷抱，坐到一旁，開始找尋衣物穿上。

司徒青染看著她。

懷抱沒了溫度，而她只給他一個背影，自顧自地穿戴衣褲。

不用說，她生氣了。

看在她是為了冉青的分上，他不怪她。

「燕燕。」

她不理會，繼續穿衣。

司徒青染盯著她，緩緩說道：「妳要跟我生氣？」

桃曉燕將衣物穿好後才轉過身，斜了他一眼。「我哪敢？國師大人決定的事，誰能改變？這裡是你的地盤，當然是你說了算，若無事，我退下了。」她福了福身，轉身便走。

司徒青染擰眉。「站住。」

她停住腳步，回頭冷問。「國師大人還有什麼吩咐？」

連師父都不喊了，還敢給他擺臉色，真是大膽。

「不要任性，那不過是個孩子。」他說。

她立刻用力點頭，目光明媚，嬌聲軟語道：「是啊是啊，他就只是個孩子而已，給我吧，嗯？」她用一雙會說話的眼睛哀求他。

她還不死心，只要有任何機會就要想辦法說服他，上一刻冷淡，下一刻又撒嬌，這性子真是能屈能伸。

他被撩得心癢難耐，但他還是不能答應。

「不行。」

「喔，那不麻煩了，告辭。」桃曉燕頭也不回地拍拍屁股離去，把國師大人直接拋在後頭。

司徒青染就這麼目送她離開。

這事說出去，誰能相信？這女人上了他的床，被他寵愛後，還能毫無留戀地離開，說走就走。

他突然想到，在黑牢時，兩人一言不合，她也是氣得說走就走，那時候他不明白，現在他明白了。

即便她生氣，但在他危急時，她還是回來了。

她的性子便是如此。

唉，異世的女人脾氣大得很呢。

司徒青染無奈地搖頭笑了笑。

他相信，她只是一時氣悶，過幾日便好了。

但司徒青染很快就會發現，他不把她的怒氣當一回事是大錯特錯。

桃曉燕連包袱都沒有打理，直接坐上馬車，離開國師府。

慕兒知曉後，趕忙向國師大人報告。

司徒青染只是淡淡地開口。「讓她走，不必阻攔。」

慕兒懵了，上回國師大人急急要把人帶回，命她去桃家帶人回來，這次卻連理都不理。

她哪裡曉得，國師大人在白衣弟子面前，依然習慣了維持淡然，永遠教人摸不著頭緒才是他要的。

另一頭，桃曉燕氣沖沖地坐馬車出府。

她不想跟爹娘解釋，所以不能回桃家。她想了想，命令馬車調頭，朝另一間宅院前進。

她在現代時就擁有不少房產，到了古代也習慣買房。

她在東郊有一座大院，那兒日常用品全部具備，當她想要獨自思考時，就會去那兒住幾日，一個人靜一靜。

她坐在馬車裡，因為生氣，顯得有些心浮氣躁。她不想白費力氣去生那傢伙的氣，生氣只會浪費她的時間，也浪費她的力氣。

身為一個商人，遇到問題，她習慣立刻思考、解決，把時間做最有效率的應用才是她要的。

她閉目養神，藉由心靜消除心中的鬱悶。

「喵！」

桃曉燕聽見了貓叫聲，接著又聽見貓爪摩擦車門的聲音，她驚訝地睜開眼，趕緊命令車夫。「停車！」

馬車很快停下，她打開車門，一道白影立即溜了進來，熟門熟路地跳上她的大腿上。

「喵嗚～～」玲瓏一雙圓滾滾的漂亮瞳孔正瞅著她。

桃曉燕笑了，順勢把玲瓏抱在懷裡，關上車門，命令車夫繼續前行。

玲瓏的能耐，她是見識過的，不管是玲瓏自己跟來的，還是司徒青染那傢伙叫來的，她都不會拒絕。

玲瓏能保護她，她才不會跟自己的安危過不去呢，況且玲瓏是這麼的可愛。

「是那傢伙叫妳來的對不對？」

「喵嗚～～」

「算那傢伙還有良心，知道叫妳來保護我。」

「喵嗚～～」

「但我絕對不會領他的情，去他的王八蛋，他這次惹火我了。」桃曉燕笑咪咪地罵人。

「喵嗚……」我沒聽到，你們兩人吵架，不關本貓的事。

玲瓏喬了個舒服的姿勢，窩在她懷裡，享受著她的撫摸，同時貓眼朝車窗外瞄了一眼。

原本跟著馬車的黑影悄悄地退開了。

「那女人有他的神識跟著。」

「呵呵，他果然重視她。」

「可是這樣咱們就不能接近她了。」

「再等等，總有機會的。」

「抓了她，就能威脅他了。」

「呵呵，他終於有弱點了，她就是他的弱點。」

馬車來到了東郊大院，桃曉燕當初蓋這間院子時，採用了西式簡潔的蓋法。

屋子不大，三房兩廳，每一間房的採光都很好。

屋內只有兩個僕人，一人負責打掃，另一人負責煮飯，這兩人也是她精挑細選的人才。

馬車從側門進去，停在院子裡，兩位一男一女的僕人已經等在院子裡迎接她。

「大小姐。」

「我會在這裡住上一段時間，還有這隻貓兒，牠叫玲瓏，幫牠準備吃食，跟我一樣，要豐富美味。」

玲瓏聽聞，喵了一聲，搖動尾巴，表示開心。

桃曉燕摸了摸玲瓏，笑著對兩人道：「各自去忙吧。」

「是。」

這兩人是兄妹，哥哥臉上有燒傷的疤痕，妹妹沒有。

他們身上有一段坎坷的故事。

桃曉燕知道，在古代，像這種相貌不全的人會遭人歧視和欺辱，也很難找到營生。

桃曉燕第一次見到他們時，她正在酒樓跟人談生意，當時她挑了二樓臨窗的位子，從二樓往下瞧，就見哥哥護著妹妹，一人面對十幾個欺壓的男人。

這對兄妹被十幾個人包圍叫囂，桃曉燕當時就注意到，哥哥醜陋的容貌被眾人取笑時，他始終沈默，直到那些人用露骨的字眼去挑逗他如花似玉的妹妹時，哥哥才動手修理人。

有沒有才，看這人對危機處理的方式就知道。

桃曉燕親眼見證，哥哥很沈得住氣，也很能打，他們不想生事，但被人欺上頭也不會退讓。

桃曉燕喜歡有擔當的人，做哥哥的保護妹妹，令她看了高興，因此她決定網羅人才。

她派人去打聽，談完生意後，便直接坐馬車去拜訪這對兄妹。

「我是個商人，需要找人幫我顧房子，包吃包住，還有月銀一兩，你們可願意為我做事？」

她親眼瞧見，妹妹聽了一臉欣喜，但是哥哥卻面不改色，冷冷地質問她。

「天下沒有平白無故的好事，妳有什麼目的，請明說。」

他們兄妹兩人流浪到此處，營生艱難，哥哥因為破相，找不到好營生，只能做些粗工，工錢只有一天三分錢，妹妹則是做些針線活來賣，賺的也不多，只夠兩人餬口。

妹妹擔心哥哥說話得罪人，連忙拉拉他的袖子，面露擔憂，對桃曉燕賠罪。

「我哥哥說話直，請姑娘勿怪。」

不錯，妹妹懂事，哥哥不輕易受金錢誘惑。

桃曉燕當下就決定要這兩人了。

「你們剛才揍的那些人是我早就想揍的了，你幫我揍了他們，我很高興，所以決定錄用你。」

兄妹兩人互看了一眼。

哥哥又問：「我揍了他們，已經結怨，他們必然會回來報復。妳錄用我們，也會受到牽連。妳既是個商人，不可能想不到這事。」

這男人是有頭腦的，不是只使用蠻力的粗漢。

桃曉燕更中意了。

「你說得不錯，不過得罪的是你又不是我，所以我若要錄用你，必會將你們藏起來，不讓人知道，而你們兄妹為了避免被報復，必然又要另找安生之地，繼續過著有一天沒一天的日子，這樣多累啊？」

說到這裡，桃曉燕突然問：「口好渴，有茶嗎？」

哥哥沈默，妹妹則急忙去倒了杯水，冷的。

「瞧，你們連熱水都沒有，又住這種破屋子，你做哥哥的皮粗肉厚可以禁得起折騰，但你妹妹是個姑娘家，將來要嫁人的，你要如何照顧她一輩子？」

哥哥抿了抿唇，妹妹則急忙道：「我不嫁。」

「但妳哥哥總要娶吧？他有傳宗接代的任務，以後他娶了妻，妳嫂子會讓小姑一直住？」

哥哥立即道：「我會照顧她一輩子。」

桃曉燕擺擺手。「我知道我知道，你願意，但你老婆不見得願意啊。」

「那就不娶。」

「唉，扯遠了扯遠了，你不想娶，但可能沒女人願意嫁你啊。」

兄妹倆沈默了，因為桃曉燕說到了重點。哥哥破相，這種臉要娶妻，恐怕真的沒有女人願意嫁。

桃曉燕還是把冷水喝完了，解了渴，吩咐身邊的下人去把她馬車上的茶壺拿來。

「來，喝茶喝茶，咱們解解渴、潤潤喉，好繼續聊聊。」

「……」兄妹倆被這女人搞糊塗了，自己有茶，幹麼還要喝他們的冷水？況且這茶一聞就很香，是上等的好茶。

兄妹倆沒人動手，只是盯著她。

桃曉燕決定不跟他們浪費時間了，前面熱身熱得也差不多了，該進入主題了。

「我喜歡網羅人才，也喜歡忠誠可靠的人，今日看上你們兄妹，想讓你們為我所用。工作內容是看守屋子、打掃維護，你們可以去打聽我的名號，若是同意了，就到這地方找人。」

桃曉燕身邊的下人立即上前留下一個地址。

桃曉燕見目的達成，也不多說，起身離開。

三天後，這對兄妹來了。

桃曉燕笑了，於是她的東郊大院就有了一個女管家以及一個男護衛。

她每回心煩，想一個人靜一靜時，就會來到東郊大院休息。

這一回，她帶了一隻貓來，妹妹喬月見了，眼睛都亮了。

「好一隻漂亮的貓兒。」

桃曉燕笑道：「牠叫玲瓏。」

喬月對她福了福。「我這就去準備吃食。」

「多準備一些，你們兩個也一起吃。」

「是。」

桃曉燕進了客廳——既然是仿西式的建築，當然有客廳。

喬氏兄妹已經習慣了這種怪異的房子，住久了也發現它的好處，簡單明亮好整理，還很方便。

客廳的家具全都是桃曉燕請工匠做的，也都是仿西式的。

她坐在客廳的沙發上，沙發上鋪了厚軟墊，她一坐下，玲瓏便跳出她的懷抱，四處打量新環境，似乎對這個新地方感到十分好奇。

桃曉燕任牠自個兒到處逛，她則舒服地躺在沙發上，享受著獨處的時光。

這間屋子是她對現代生活的緬懷，全都是西式的樣子，只有這樣，她才能稍稍平衡一下自己穿越到古代的心情。

畢竟，她是很想念現代生活的。

她在沙發上小憩了一下，直到喬月端了吃食過來。

聽到動靜，桃曉燕才睜開眼，發現玲瓏正窩在她身邊，也跟著一起睡。

「吵醒大小姐了？」喬月歉疚地說。

「無妨。」桃曉燕打了個呵欠，抱著玲瓏起身，來到餐桌坐下。

兄妹倆自從跟了她，便對她忠心耿耿，最難得的是，他們不會因為桃曉燕對他們好而逾越主僕的界線。

哥哥喬仲堅持謹守身分，不與主人同桌吃飯，就算桃曉燕叫他們一起用餐，他們也只是站在一旁陪著。

後來桃曉燕也不勉強他們了，她不會強迫古代人改變他們的思維，因此就讓他們去自己的屋子吃飯。

這裡土地大，除了三房兩廳，她還蓋了好幾間房，其中兩間房給這對兄妹住，中間隔著花園，有各自私人的空間，叫人時也方便。

用過飯，收拾妥當後，桃曉燕把喬氏兄妹叫來說話。

「這藥膏，你拿去抹臉。」她將一個小盒子放在桌上，推向喬仲。

喬仲見了，抬頭望向她，一臉疑惑。

桃曉燕解釋道：「我得了一個神奇的藥，想試試它的功效，說不定它可以治你的臉傷。」

喬月聽了驚喜，激動地看向哥哥。

喬仲依然是個沈穩冷靜的人，不容易衝動，聞言也只是看了看藥膏。

他的臉是燒傷，皮膚都變形了，怎麼可能治得了？他不信。

桃曉燕當然知道他不信，她笑了笑，補充一句。「這藥能生肌，是我從國師府弄來的。」

喬仲終於露出詫異的神情，他看著桃曉燕，終於有些相信了，拿起藥膏，點頭道：「我試試。」

「很好，試完後，記得給我看看成果。」

喬仲點頭，拿了藥膏回房抹藥，喬月則跟著哥哥一起去。

桃曉燕抱著玲瓏坐回沙發上，閉目養神。

大約過了半個時辰，喬月匆匆地趕來。

「大小姐。」

桃曉燕睜開眼，瞧見喬月一臉興奮的神情，眼眶還是紅的。

桃曉燕好奇問：「如何？」

「大小姐可否親自瞧瞧，哥哥他……他害羞呢。」

桃曉燕聽了想笑，更好奇了。

當初那藥能治她胸口的刀傷，直到看不出疤痕，因此她便想知道這藥除了刀傷，對燒傷是否也有用？

她站起身，隨喬月去找她哥哥。

喬仲還處在震驚當中，他站在鏡子前發愣，始終不敢相信，直到妹妹喚他。

「哥哥，快出來，大小姐來了。」

喬仲這才回神，他閉上眼，做了個深呼吸，睜眼再瞧鏡子一眼，確定鏡中人是他，不是作夢，他才相信這一切都是真的。

他猶豫了下，這才轉身出了房。

桃曉燕一見到喬仲的臉，不禁瞪大眼。

她直直盯了他好一會兒，才終於笑了。

她像公子哥兒欣賞美人一般，嘖嘖稱讚道：「我就說嘛，妹妹生得如花似玉，做哥哥的會差到哪裡去？果然長得很英俊。」

向來面不改色、沈穩如山的喬仲，終於臉紅了。

# 第二十章

因為桃曉燕的生肌藥膏，對喬仲有再造之恩，因此喬氏兄妹現在對桃曉燕更加感激了。

當初兄妹倆離鄉背井，沒有固定的住所，她不但給了他們一個家，讓他們不用流浪，不必擔心下一餐在哪裡？現在連喬仲臉上的傷都治好了。

喬仲對她發誓。「大小姐對我的恩德，我不會忘記，以後我們兄妹就是大小姐的人，我的命就是大小姐的命。」

這是喬仲難得發的誓言。

桃曉燕將他們帶回來，給他們吃住、聘用他們，喬仲雖感激，但也只是謹守本分。直到此時，他才終於把桃曉燕當成他們兄妹一輩子效忠的對象。

她盯著喬仲的臉，一副欣賞的模樣。

「沒那麼嚴重啦，不會隨便要你們送命的。」桃曉燕的頭腦倒是轉得很快，喬仲的相貌，讓她有了主意。「不過，我倒是有一件事想讓你們兄妹為我辦。」

喬仲彎腰抱拳，肅然道：「任憑大小姐差遣。」

「明日，你們跟我去桃家的鋪子一趟。」

喬仲和喬月不知道桃曉燕要他們去桃家的鋪子做什麼，不過既然他們答應了任她差遣，就會守諾。

隔日，桃曉燕帶著喬氏兄妹上了馬車。

在馬車上，她思考著生肌藥膏的事。

桃曉燕知道，物以稀為貴，倘若她把這個國師府出品的生肌藥膏用在胭脂上，肯定大賣，桃家的胭脂鋪也會跟著火紅。

說起桃家的胭脂鋪，原先是賣文房四寶的，是她娘親的嫁妝之一，原本生意十分清淡，雖不至於虧損，但也不太賺錢，因此桃曉燕才把它改成賣胭脂的鋪子。

胭脂鋪的競爭十分激烈，光是同一條街就有五家胭脂鋪。

每家胭脂鋪都絞盡腦汁搶生意，各家有各家的秘方。

本來，她有意發展這個生意，可進入黑牢再出來後，她改變了想法。

生意不能做絕，要給大家都留一口飯吃，每家胭脂鋪都有得賺，才能共存。她不想破壞目前各家鋪子維持的平衡生態，況且生肌藥膏這種東西太逆天，肯定會引起權貴爭搶。

這裡不是講究法治的現代，而是皇權至上的古代，若讓人知曉她手上有這東西，必會引來禍患。

連司徒青染都不說的東西，她更不能說，因此她打消了用生肌藥膏來賺錢的想法。這種東西，她決定留著自己用，若用不完，以後當傳家之寶留給子孫保命用也行。

因此，她打算另謀商機，獨樹一幟。

她帶喬氏兄妹去自家的衣鋪，吩咐繡娘為他們量身訂做一套新衣。量好尺寸後，兩套衣裳隨即趕製了出來，桃曉燕便讓喬氏兄妹去試穿。

兩人穿好一站出來，彷彿有spotlight打在他們身上一般，俊男美女，耀眼奪目。桃曉燕樂壞了。

「我的眼光沒錯，你們兩人果然是最佳模特兒。」

「模特兒？」兄妹倆聽得茫然，丈二金剛摸不著頭腦。

她擺擺手，一邊繞著兩人轉，一邊打量。「聽不懂沒關係，反正以後你們兩人就跟著我，每天換新衣就是了。」

桃曉燕要做的是成衣訂製的生意，她早就對古代人的衣裳不滿很久了。難穿又不符合人性。

她有這種不滿，相信其他古代人也有這種需求。

這就是做生意的樂趣，做別人想不到的，還要做出趣味。

前幾日去巡視桃家的衣鋪時，她就有了這個新想法，現在她找到了模特兒，便決定開始大展身手。

生意可以讓她忘記不愉快的事，很快便專心投入。

桃家衣鋪關上門，門上貼了告示，預告十日後重新開張，還換上新的牌匾，只寫了四個大字——量身訂做。

一開始大夥兒都不知道桃家衣鋪怎麼突然就換了？

附近的衣鋪都在取笑，還以為桃家衣鋪在玩什麼新花樣，原來只是改成量身訂做罷了。

只有家境富裕的貴人，才付得起量身訂做的價錢，一般百姓都是直接買成衣，回家後再修改，頂多過年時量身訂製幾套。

桃家衣鋪這樣玩，肯定沒生意。

到了預定開張這一天，大夥兒好奇張望，就見桃家衣鋪不放鞭炮，也沒人出來招攬客人，只有一名俊公子和美人將門打開，在外頭亮了相之後，就進入衣鋪裡了。

大夥兒不知桃家衣鋪在賣什麼關子，但是適才一過眼，那俊公子和美人都在眾人心中留下了深刻的印象。

「你們適才有沒有注意到？」

「注意到了，男人真俊，女人真美。」

幾個百姓聚在一起嘰嘰喳喳，對「量身訂做」四個字指指點點。

「不是，我是指你們有沒有注意到他們身上穿的衣裳？」

眾人愣住。說真的，還真沒仔細注意到，不過……

「沒仔細看，只覺得長得好看的人，穿什麼都特別好看。」

率先開啟話題的人聽到這話，終於忍不住說了。

「我有看到。」

說這話的人是個四十多歲的婦人，她平日幫人做針線活，因此當大夥兒注意到那兩人的長相時，她先注意到的是兩人身上的穿著，因為她對衣著有一定的敏銳度，很自然就注意到了那衣裳的款式。

其他人聞言，紛紛好奇詢問她看到了什麼？

「那兩人身上的衣裳，特別不一樣。」婦人一說到穿著，眼睛都亮了。

眾人紛紛又問，哪兒不一樣了？

「看起來就像量身訂做的。」婦人說得斬釘截鐵，眾人聽得翻白眼。

這不是廢話嗎？人家店門口牌匾就掛著這四個字，可是沒辦法，婦人的水平就這樣，叫她形容，也說不出個所以然來。

桃家衣鋪重新開張，成為眾人的話題，可因為門口冷清，沒放鞭炮也沒發喜糖，因此聊完八卦後，眾人便鳥獸散，該幹麼的就去幹麼。

不過，總有些好奇的人不死心，量身訂做肯定花錢，沒錢的聊八卦，有錢的就想進去一探究竟。

眾目睽睽之下，柳員外帶著家僕，大大方方的踏進桃家衣鋪，不是衝著量身訂做，而是衝著美人去的。

他剛才只瞧了美人一眼就移不開眼，想進去看看有沒有機會納美人為他第六個小妾？

桃曉燕不怕沒生意，就怕沒人肯進來，看到挺著啤酒肚的柳員外後，桃曉燕笑得燦爛。

只要人肯進來，包准叫對方進得來、出不去，大失血。

在衣鋪裡待了半個時辰後，柳員外才離開。五天後，做好的衣褲就送到了柳員外家。

隔日，柳員外帶著五名小妾來到桃家衣鋪，給五個人量身訂做衣裳。

桃家衣鋪有個規矩，想要量身訂做，人得親自來，仗著她自己是國師徒弟這件事，她有底氣，不怕得罪人。

況且，她有把握，凡是穿上桃家衣鋪的衣服，肯定上癮。

桃家衣鋪的衣裳，樣式是古代的款式，但加上現代的設計，一定讓人穿得舒適又便利。

柳員外就是個例子，一開始衝著美人去，最後衝著量身訂做去。

人要衣裝，柳員外原本的穿著就像個暴發戶，可穿上桃家的設計款後，整個人看起來竟多了幾分品味，好看許多。

最重要的是，根據他的體型和需求，桃家衣鋪為他量身訂做，竟是降低他身材上的缺點，並多了穿衣上的學問，令柳員外愛不釋手，嫌一件不夠，又想多做幾件，最後連五個小妾也想添新衣，於是一群人又浩浩蕩蕩的來了。

柳員外就是個活廣告，這消息一傳出去，跟他一樣有錢、有妾、有啤酒肚的有錢人皆聞風而來。

桃家衣鋪的量身訂做不會花太長的時間，桃曉燕應用現代衣模的概念，早就準備好各種尺寸的成衣，有不同顏色、不同繡樣。只要客人來，選好顏色和繡樣後，直接從成衣裡修改就行，因此柳員外訂做後，才會很快就拿到。

桃曉燕很清楚自家衣鋪的優勢在哪裡，就在她的美感和創意超過古代人的想像。她不需要以量制勝，而是做出質感就行，因此她把自己的衣鋪當成CHANEL，專做有錢人的生意。

喬氏兄妹就是展現衣裳特色的模特兒，他們不必招呼待客，只需美美地站在那裡，只聽她的差遣，除了她，別人不可隨意碰他們。

事實證明，她的眼光是對的，不到一個月，貴人們陸續光顧。

另一頭，透過玲瓏之眼，司徒青染知道了她的一切。

他在等她氣消，因此當她離開時，他沒有阻攔，只是讓玲瓏跟著。

他看著她離開，一門心思地跑去做生意，還帶著兩個跟班，越做越起勁。

其中一個跟班，尤其英俊。

她把他送的生肌藥膏給喬仲治燒傷，還每日給他穿新衣。男女授受不親，但她的手卻在喬仲身上摸來摸去，甚至讓喬仲當著她的面脫下上衣，露出上半身的胸肌，而她一雙眼竟還目不轉睛地盯著看。

司徒青染看到這裡，覺得看夠了。

他的女人，也該收心回到他的身邊了。

因此當夜，當桃曉燕一個人在屋子裡，用阿拉伯數字和加減乘除，計算她這一個月來的收益時，某個不速之客無聲無息的出現在她閨房中，連個招呼都不打。

「跟我回去。」司徒青染說。

這句話不是請求，而是命令。

桃曉燕只瞄了他一眼，便又繼續記帳。

「你等等，我先把這筆帳算完。」

既然她開口了，他也不為難她，便在屋中等著。

見他還站著，她說：「我泡杯熱茶給你。」說著站起身，便自顧自去了。

在國師府時，她曾泡茶給他過，他知道她喜歡搗鼓一些新花樣，便也由著她，畢竟他也頗得趣味。

果不其然，她端了果茶和點心出來。

果茶一如其名，她把水果和茶加在一起，味道嚐起來確實很新奇。

他向來不喜甜點，但她的甜點很特別，裡頭加了鹽，甜中帶鹹的口感，連他辟穀多年的人都願意多嚐幾口。

況且，這是她為他做的，他嚐了，也能討她歡心。

「你慢慢吃，我去算帳。」

她才轉身，男人就伸手攬住她的腰，一使勁，她便跌坐在他懷裡。

桃曉燕坐在他大腿上，立即感覺到某個硬物。

他的慾望毫不掩飾地告訴她——他想要她。

仙人的一面帶著冷性，可是他半魔的一面，卻是慾望高漲，只有經歷過的她才知道卸下仙人外表的他，骨子裡的魔有多麼熾熱。

桃曉燕笑了，瞟他一眼。

這一眼，帶著嫵媚勾人。

司徒青染盯著她的笑，目光幽亮，低下頭吻住她。

桃曉燕沒抗拒，反而熱情地圈住他的頸子，迎接他的火舌，與之糾纏。

她的熱情不減反增，讓司徒青染以為她其實早就氣消了，只是需要一個臺階下。

他主動來找她，就是最好的臺階。

原來他的女人其實很想他，並不如他所瞧見的那般把他拋在腦後，一門心思做生意去了。

原來她只是用忙碌掩蓋，其實她早後悔了。

司徒青染勾唇淺笑，打橫抱起她，意思很明白，他現在就要她。

桃曉燕指了指另一個方向。「走錯了，那是浴室，房間在另一邊呢。」

司徒青染停住，轉了個方向。「妳這什麼屋子，蓋得那麼奇怪。」

她捶了他一拳。「不准嫌棄我家鄉的屋子。」

他輕笑。「好，不嫌棄。」

他抱她進屋，瞧見了一張大床，卻沒有床帳，旁邊還擺了很多樣式簡單又新穎的櫃子。

不必問，那些櫃子也是她家鄉的樣式。

小女人很熱情，一點都不害臊，她甚至壓在他身上，主動扒開他的衣襟。

他喜歡她的主動，就像在黑牢時，她主動對冉青示好，主動照顧他。

她的情感是那麼直接，毫無遮掩，沒有矯揉造作，也沒有拖泥帶水，他永遠記得那一幕——當她以為冉青陷入危險，帶著刀殺進來時，那不顧一切的樣子，深深烙印在他心裡。

那是一份純粹又直接的感情，不看身分地位，也不看財富，就只是單純為了他，不顧一切。

這場歡愛彷彿隔了很久似的，別看他似乎表面清冷不在意，心裡還是掛念的。

每日透過玲瓏之眼瞅著她，見這女人離開他之後，依然是該吃喝就吃喝，該睡就睡，日子過得充實而忙碌，實在令他鬱悶，好似離開他對她沒有任何影響。

他有時候甚至懷疑，這女人比他更沒心沒肺。

他有他的驕傲，因此決定冷著她不找她。

直到他瞧見了喬仲。

醋意觸動了他一顆半魔的心，當時心中起了殺意。

冷靜下來後，他不想做絕，也開始幫她找理由，畢竟她負氣出走，他也要負大半責任，她是為了救「冉青」才跟他嘔氣的。

想到此，他半魔的心被安撫下來，決定先退一步來找她。他想過，如果她擺臉色給他看，那就什麼都不說，直接把她帶回國師府再說。

幸好，她給他的反應比他預期的更好，她對他依然熱情，令他冷硬的心柔軟下來。

她扒光了他的衣裳，用一雙晶亮帶火的目光瀏覽他的身子，令他愉悅。

好吧，這次他就原諒她吧，事後他要告訴她，以後不可以隨便去摸其他男人，不成體統。

他衣衫盡解，輪到她了。

她以嫵媚之姿在他面前寬衣解帶，可衣裳才脫到一半，驀地停住。

「哎呀，糟了，我還沒洗浴呢。」

他的慾火正旺，突然聽到她冒出這句殺風景的話，不禁頓住。

他向來愛潔，這是改不了的脾性，因此在情濃時，他也從不忘記先讓她去洗浴，可是這一回，他卻完全忘了這件事，若非她提醒，他根本想不起來。

他擰眉，心中有了糾結。

他現在就想要她，有些等不及，可是……

「要不……」他還沒說出口的話，被桃曉燕的話堵住。

「我先去洗浴，你乖乖等我。」她起身要離開，又被他拉回來。
「一起去。」他打橫抱起她，記得她剛才說浴房在那邊。
她咯咯笑著，任由他抱著，去浴房的途中，兩人唇舌糾纏，還捨不得分開。
直到進了浴房後，司徒青染再度怔住。
「這是浴房？」
「是啊。」
「浴池呢？」
「沒有浴池。」
「沒有浴池，如何洗浴？」
「站著洗啊。」
他的眉頭擰得更深了，環視這個只能容納兩、三人的小房間，真叫他不嫌棄也難。
習慣了大浴房的國師大人，很難欣賞她家鄉的浴房，真是看哪裡都嫌棄。
「這裡太窄了，你先回床上等我，我洗完就去。」桃曉燕笑道。
司徒青染只得妥協，將她放下後，轉身出去，回頭看她時，見她笑著關上門，他才搖搖頭，回寢房等她。

真是磨人的妖女。

司徒青染回到寢房後，才有空閒仔細打量這間屋子。先前只能透過玲瓏之眼瞧見的屋子，現在總算能親眼瞧一瞧了。

窗戶是方方正正的，沒有雕花，只用木材貼邊，上頭鑲了白色琉璃，不難想像若陽光從琉璃穿透進來，灑上一地白光，會如何柔和明亮？

窗戶上掛了兩層布，左右各一邊，外層是薄紗，內層是厚錦。

他在錦布旁發現了用薄玉串成的繩子，他好奇地拉了拉，很快明白了它們的功用——可遮蔽、可打開，薄厚兩層，藉以調整屋內的明暗度。

這樣的設計挺不錯，他挺中意，決定帶她回國師府後，也讓人把羽鶴院的窗戶改造一下。

只要她喜歡，他願意讓人把羽鶴院改成她家鄉的樣子。

他欣賞完屋內各種擺設和設計後，回頭看了浴房一眼。

裡頭有水聲，她還在洗浴，算算時間，都已經過去一刻了。

他失笑搖頭。

她願意花更多時間洗淨，表示越在乎他，他該耐心等待才是。

等得越久，期待越大，那磨人的滋味越讓人上癮。

他若是等不及去催促她，倒顯得他猴急似的，有失風采。

司徒青染坐在床上閉目養神，盤腿打坐，把腹下難受的慾火暫且壓住。

隨著時間一點點流逝，浴房的水聲沒有停過，他突然雙目暴睜——

不對勁！

他將長衫往身上一披，裹住身子，飛身過去，一腳踢開門。

竹管裡的水依然在流，但是浴房裡空無一人。

司徒青染臉色驟變，立即出屋，躍上屋頂，環視四周，沒見到異狀，正要去探查屋子時，被人大聲喝住。

「來者何人！」

喬仲一聽到動靜便立即飛奔出屋，躍上屋頂，見到了一抹人影。

那人身形挺拔，長髮飄揚，身上罩著長衫，回頭看他時，飄揚的長髮遮住了半張臉，只露出一對眸子。

喬仲不禁心驚。

那雙眼瞳在黑暗中紅光隱現，而那人強大的氣場壓迫到他的胸口，令他呼吸困難，動彈不得。

他感受到對方的殺意。

喬仲以為自己這次必死無疑，不過那人盯著他一會兒便收回視線，消失於夜色中。

那人一走，喬仲終於可以動了，他踉蹌了下，差點掉下去，只得趕緊蹲下身穩住身子，才不至於滾落屋簷。

他摸著心口，心臟依然撲通撲通地跳。

適才他確實感受到瀕死的恐懼，但不知為何，那人明明有殺意，最終卻放過他。

「哥哥？」喬月急忙出來找人，她也是聽到哥哥衝出門的聲音，才跟著出來的。

「我在這裡。」

「哥哥，你怎麼上屋頂了？發生什麼事？」

喬仲緩過氣後，四肢恢復了靈活，便一躍而下。

「我沒事，只是遇到高人了。」

「有人闖入？糟了，大小姐呢？」喬月急忙奔向桃曉燕的屋子。

門打開著，喬月想進屋查看，卻被喬仲攔住了。

「大小姐不在。」

「你怎麼知道？」

喬仲朝四周看了看，這才拉起妹妹的手進屋說話。

「幾日前，大小姐告訴我，倘若有一天，在她屋中見到一個英俊的男人，不管發生什麼事，她叫我千萬別與那人對上，能避則避。」

喬月驚訝。「那人是誰？」

「不知道，大小姐既然這麼說，咱們就別問，大小姐事先告知我，便是早已預料到，因此這事別聲張出去。」

聽哥哥這麼一說，喬月稍加放心，也只能聽哥哥的。

喬仲送妹妹回屋後，自己才進屋休憩。

其實，喬仲隱約猜到是誰，只不過他沒告訴妹妹，因為連他也不敢相信，但適才他親身感受，有一股力量困住自己，令他動彈不得，而胸口的壓迫，就好像有一隻手在抓住他的心臟。

明明沒有手，卻有手的感覺，這是……仙術！

喬仲抿了抿唇，國師大人親臨，這是自己第一次見到對方。

傳言，國師大人十分寵愛他的徒弟桃曉燕，喬仲只聽說，但今晚他親眼見證到了。

「喬仲，如果那傢伙來找我，你就當不知，能避則避，而我，肯定不見人影，但你放心，我沒事，你和喬月兩人記得幫我看好屋子，若是哪天屋頂被掀了，你們也別管，自去躲起來，把命留著，反正老娘我有的是錢，再蓋它十間百間屋子都沒問題，記住啊！」

喬仲苦笑，他以為大小姐只是說笑，但剛才與那男人對上眼後，他真的相信對方有把屋頂掀翻的能力。

國師大人法力無邊，大靖朝無人敢惹怒他，大小姐能逃去哪裡？

這個謎題，喬仲只能等待大小姐他日回來揭曉答案了。

# 第二十一章

桃曉燕不是好惹的，相反的，她脾氣大得很。

企業總裁怎麼會沒脾氣、任人拿捏？那是因為她能屈能伸，懂得忍辱。

她要救冉青可不是隨便說說的，一旦設定目標就要做到底，除非天意如此，否則她不會輕易放棄。

她早明白司徒青染不好說服，他不答應放冉青出來，那她就另謀他路。

呵，司徒青染以為她只是負氣出走？她才沒時間跟他玩這種遊戲，她是有謀略的。

古代人不是笨，只是那些鬼點子沒有現代人多，加上古代人會受到傳統習俗的制約，很多觀念會被束縛，不如現代人靈活。

桃曉燕很清楚自己跟司徒青染在一起，占的是現代人靈活思想的便宜，因此司徒青染會對她產生新鮮感。

她自認對男人還是挺了解的，她認為男人是個下半身思考的動物，但她不知道，自己也受限於現代思想的制約，以這個標準去看古代其他男人或許有用，但對司徒青染無用。

因為他是半仙半魔。

基本上，在古代，他就不是正常的男人。

仙有仙性，魔有魔性，而他久遠的祖先有一部分狼妖的血統，所以司徒青染傳承了狼族的特性，一生只選一個伴侶，對伴侶絕對的忠誠。

同樣的，他是男人，因此他對伴侶有絕對的占有慾。

總而言之，他是一個混合體，只不過這些複雜的特性全被壓抑在仙人的外表下。

桃曉燕的出現擾亂了他的心，令他生情，種下了情根，仙魔妖會受到誓言和承諾的制約，他對她許下承諾，種下情根，情根也是一種魔性，只不過他掩飾得很好，不想嚇到她罷了。

簡單來說，他倆的代溝，跨越了時間和種族，非比尋常的大。

在感情方面，桃曉燕還是想得太簡單了，她本就是個天生的商人，加上後天的訓練，讓她不會對人投入太多感情，習慣以利益看事情，計算虧損或增益，司徒青染遇上她，只能說他倒楣。

他看似無情，可是一旦生情就很難根除，易生執著。

桃曉燕就沒這個顧慮了，她是理性思考之人，跟男人做愛就只是做愛，性與愛，她分得很清楚。

所以，她逃得也很乾脆。

她三天兩頭在司徒青染身上吃大虧，這些帳她都記著了。

做生意如賠錢，要懂得止損，等到機會來了，就要撈回本。

別以為幾句甜言蜜語就可以收服她的心，她不過跟他要一個六歲的孩子，他都吝嗇得拒絕。

哼！誰稀罕啊！老娘自己找貴人去救！

這就是為何桃曉燕放他鴿子，自己落跑。

趁著假裝洗浴，她從窗子偷溜。屋子是她建的，在她的地盤上，她要溜很容易。

其實她不是沒有浴池，浴池在另一間房，她洗浴的那間是淋浴間，空間當然不大了。

把司徒青染甩掉後，她立即躲到地下室。

仗著自己來自現代，司徒青染無法用法術來尋她，她在躲了一夜後，隔天就去街上租了輛馬車，前往京城大道。

她的東郊大院在郊外，得穿過城中才能前往皇宮。
去皇宮做什麼？當然是去找她的偶像皇帝！
大靖朝如今能夠與司徒青染對峙的，只剩偶像了。
皇帝畢竟是一國之主，司徒青染就算是仙人，在禮數上也得給皇帝面子，不然皇帝給他土地蓋房子，供養他做什麼？
桃曉燕早就有計謀，她一想到昨夜司徒青染知道她跑了，表情一定很精彩。
她也不怕司徒青染翻臉，對他的脾性，她還是有一定的把握。
桃曉燕心情好，坐在租來的馬車內，吃著剛才在路邊買的剛出爐的包子和米漿當早餐。
算算時辰，這個時間是慕兒出門採買的時間。
她讓馬車停在路邊的樹蔭下，她在車上等待。
沒過多久，果然等到了慕兒。
國師府的馬車很好認，只須看百姓的反應就知道了。
國師府的馬車一出現，路上的百姓和馬車都得讓道，桃曉燕剛好也吃飽了，於是她下了馬車，直接擋道，在眾人詫異的目光下，那輛國師府馬車還真的停下了。

國師大人唯一的女弟子，這個身分很好用，所有白衣弟子都認得她。

慕兒在馬車裡正要質問為何停車時，車門被敲了下。

「慕兒，開門。」

慕兒一怔，這聲音……

她立即將車門打開，還真是桃曉燕來敲門。

桃曉燕熟門熟路地跳上馬車，連踩腳凳都不必，她這粗魯的行為，又讓慕兒瞪直了眼。

「見到妳真開心啊，這給妳。」

她笑得燦爛，嘴巴甜，還奉上伴手禮，是德記的竹筍包。

像他們這種自恃清高的白衣弟子是不會當街排隊買包子的，桃曉燕投其所好，用美食進攻。因為她知道慕兒愛吃，只是嘴上不說。

慕兒美眸瞪了又瞪，嘴巴抿了又抿，最後大約是看開了，反正這也不是頭一回了，叫妖女改性子，比成仙還難。

她沒好氣地道：「不吃。」

桃曉燕將包子塞進她手裡。「趁熱吃吧，吃完了含一片香草葉，不會有人發現的。」她就不信，一天到晚吃辟穀丹的人，會受得了食慾的折磨。

是吃包子又不是叫她去殺人，幹麼禁慾成這副德行。

修仙修成這樣，她桃曉燕寧可做凡人，寧可老去變醜，也要爽快地過一生。

慕兒聞著香味，忍了又忍，晃動的眼珠代表她內心的掙扎，最後瞟向車夫身後的車窗一眼。

桃曉燕知她所思，小聲說：「放心，車夫只當是我吃的，不是妳，這個黑鍋我替妳揹了。」

誰要妳揹！慕兒瞪她一眼，又盯向手中的包子，一副「風蕭蕭兮易水寒，壯士一去兮不復還」的決絕樣。

她拿起包子，咬了一口。

有一種香味，只有親自品嚐才知個中美味，那種美味叫做——太久沒吃飯的人，吃什麼都好吃的美味。

久違的包子香……她有多久沒吃了？一年？兩年？不，已經三年了。

一旦吃了第一口，突破了心理障礙，後面就簡單了。

慕兒把包子咀嚼、吞嚥下肚，桃曉燕立即奉上一杯熱呼呼的米漿，她特地用特製的保溫壺裝的。

外層是椰子殼，裡頭挖空裝瓷壺，米漿倒在瓷壺裡，放進椰子殼內保溫，這方式是取經於東南亞一帶的做法，既有傳統美又天然好用。

「喝一口米漿，小心別噎著。」

慕兒接過來，喝了一口。

米漿濃郁，有米香的甜味，搭配鹹香的包子，五臟六腑好似都醒了。

慕兒邊吃邊感動，這時候她也懶得矜持做作了，一整日端著架子太累了，反正吃一口也是吃，吃兩口也是吃，乾脆把一整顆包子全吃下肚。

衝動是魔鬼。

吃的時候很享受，彷彿身在仙境，吃完後，腦袋漸漸清醒，情緒也沈澱下來，她開始後悔了。

慕兒瞧了她一眼，警告道：「妳不會告訴別人吧？」

桃曉燕收起了笑，擰眉。「我幹麼告訴別人？」

「那可不一定，說不定妳故意用包子誘惑我，然後轉頭便告訴別人，出賣我。」

桃曉燕正色道：「我絕不是這樣的人，況且這種小人行為，我最不屑，妳也太小瞧我了。」

慕兒抿著唇，一臉懷疑地瞅她。

「妳若不信，我便發誓。」桃曉燕便舉起手，對她發起毒誓。「我若是告訴他人妳吃了肉包子，便叫我不得好死。」

慕兒見她真的發毒誓，心下鬆了口氣，卻也感到不好意思。

「行了，我相信妳就是了。」頓了頓，又道：「謝啦。」

桃曉燕笑了，自來熟地推了她一把。「妳跟我客氣什麼，咱們自己人嘛！」

以往，桃曉燕跟她親近時，慕兒只覺得她厚顏無恥，現在卻覺得桃曉燕這行為叫性情中人，不拘小節。

所以，人與人相處，順不順眼，喜歡或討厭，沒個定數。

慕兒一開始瞧桃曉燕哪兒都不順眼，幾經相處後，現在瞧她卻習慣了，甚至覺得與桃曉燕在一塊兒，比跟其他白衣弟子相處時更放鬆、更自在。

桃曉燕明白一場圓滿的飯局，可以談到多少生意，她等在街上，等到慕兒坐著國師府的馬車出來，可不是只是為了給慕兒送早餐，與她話家常的。

「我從沒見過皇宮，可否繞去瞧一瞧？」

慕兒沒多想，點頭道：「行啊。」便吩咐車夫繞過去。

桃曉燕目光閃了閃，裝作外鄉人遊京城似的，詢問慕兒許多事。

京城百姓沒事不會去皇宮附近，況且皇宮附近大都是大官的宅邸，國師府亦是，因此慕兒要回國師府，繞去皇宮的話也是順路的。

馬車走了兩刻，來到皇宮附近，沿著皇宮外牆繞行。

若是其他馬車，早被巡視外牆的御林軍攔下，但她們乘坐的是國師府的馬車。

國師尊貴的地位，讓他的馬車也同樣擁有特權，御林軍瞧見她們的馬車並不會攔阻，只會讓道一旁，對馬車行禮。

這就是為何慕兒和離兒她們以身為白衣弟子為榮，國師大人的尊崇地位，讓他的白衣弟子不論出身貴賤，只要穿上白衣，就能得到尊榮和禮遇。

慕兒嘴裡咬著桃曉燕給她的葉子，只覺口齒清涼。

「這是什麼葉子？」

桃曉燕笑得一臉神秘。「桃家特別培植的薄荷葉，很難養的。」

其實薄荷葉好種極了，她故意誇大，這樣才能表示她的誠意，不然禮物太廉價，對方會不在意。

果然慕兒聽了，一臉欣喜。

「真香。」她細細咀嚼，只覺得口中一陣清涼，便相信桃曉燕說的，咬這種葉子可以滿嘴芬芳，消除飯後的味道。

桃曉燕瞟了她一眼，故意說：「不知皇宮大門長什麼樣子，有國師府的雄偉嗎？」

「不能這樣比，皇宮住的人多，大門肯定雄偉，咱們國師府住的是仙人，講究的是神秘。」

「喔……原來如此。」桃曉燕一副受教的模樣，接著又道：「既然皇帝住在裡面，他們肯定不讓咱們靠近看，是吧？」

「呵！」慕兒傲嬌地笑了。「剛好相反，全天下也只有咱們國師府的人，可以不必事先通報就直接上門。」

桃曉燕一臉驚訝。「這麼厲害？皇上對咱們國師府的人如此禮遇？」

「那還用說，咱們國師大人是仙人，咱們是仙人弟子。」

桃曉燕相信，如果現在有鎂光燈，慕兒肯定是站在燈下驕傲地演講，訴說他們國師大人如何偉大、白衣弟子如何以仙人弟子為榮。

桃曉燕立即順杆爬，用著崇拜的眼神和語氣附和道：「沒錯，自從拜師父為師，我才知道師父的厲害，別說弟子了，就連他養的馬都有仙氣呢。」

人只要找對了話題，不熟的人都變成熟人似的，臭也可以聊成香的。

慕兒一高興，便吩咐車夫。「去皇宮大門。」

桃曉燕面露不安。「這樣好嗎？」

「怕什麼，別忘了妳是師父的內門弟子，挺起胸膛，給咱們國師府長長臉。」

桃曉燕似是瞬間士氣受到鼓舞，點頭道：「妳說得對，咱們代表國師府，必定不能丟這個臉。」

所以說，年輕妹子最好騙。

桃曉燕覺得愧疚，她利用了慕兒，但是再如何愧疚，她也不會放棄要做的事。

馬車終於駛到皇宮大門，一路無礙，在宮門停下後，立即有人上前迎接，另一人則去稟報。

桃曉燕打開車門，對車夫吩咐。「拿腳凳過來。」

車夫立即照辦。

一旁的慕兒本以為只是打算從窗戶看一眼罷了，沒料到她突然要下車，根本來不及阻止。

慕兒想著她大概是圖個新鮮，想下車看得更清楚一點，她自己則坐在馬車上。在外人面前，習慣端著架子的她又恢復了清冷的一面。

她在馬車上，見到桃曉燕與皇宮城衛說話，沒多久，一名太監出來了。

慕兒在車上聽不清他們說什麼，桃曉燕背對著她，因此她只能見到城衛和太監畢恭畢敬的模樣。

不一會兒，太監伸手示意，請桃曉燕前往大門。

慕兒尚未察覺事有蹊蹺，只當桃曉燕是要去看看皇宮大門，或是朝裡頭看一眼罷了。

她一開始還笑著搖頭，覺得桃曉燕是個鄉巴佬，連皇宮大門也稀罕，直到她越走越遠，離大門越來越近，然後人就進去了。

「……」慕兒猛地刷白了臉，額頭青筋猛跳，心臟跳得更快。

她她她——她怎麼就進去了？啊啊啊——

她急急下了馬車，就要去把那女人給抓回來。

皇宮禁地，沒有國師大人的命令，他們做弟子的也不能隨意亂闖！

她氣急敗壞地來到大門口，這時一名太監又走出來，見到她，連忙上前恭迎。

「奴才拜見慕兒姑娘，桃姑娘要奴才來給姑娘回話。」

慕兒這才鬆了口氣，壓下心中的憤怒，清冷地問話。「她人呢？」

「桃姑娘去見皇上了，她讓奴才轉告慕兒姑娘，她暫時住在皇宮，就不回去了，請慕兒姑娘轉告國師大人一聲。」

「……」

啊啊啊啊啊──

當然，這只是她心裡的尖叫聲，表面上，她還是維持著白衣弟子的風度。

「既如此，我便回府了。」

太監把腰彎得更低。「恭送姑娘。」

她點頭，轉身返回馬車，步態平穩，不急不緩，直到上了馬車，關上車門。

啊啊啊啊啊──

她再也壓抑不住，撓心撓肺，捶胸頓足，簡直快氣炸了，既生氣又害怕，嚇到牙齒打顫。

妖女就是妖女，她就不該相信她！

這回死定了，她該如何向國師大人解釋？

話說，成功進了皇宮大門的桃曉燕，只能在心裡默默對慕兒抱歉，日後再找機會彌補她。

桃曉燕坐上太監讓人抬來的步輦，她舉止從容，心情卻很亢奮，因為她就要見到她的偶像周文浩了。

皇帝有一張與她偶像周文浩一模一樣的臉，上回有司徒青染在，她沒機會多與皇帝接觸。

現在，她有時間了。

桃曉燕在步輦裡仰望著雄偉富麗的皇宮大殿，若不是顧忌著在偶像面前要保留形象，不然她真想大聲吆喝，讓抬步輦的太監們走快一些！

要覲見皇帝得層層通報，光是等待就足足等了半個小時。

太監讓她在側廳裡等著，體貼地送上一杯熱茶，桃曉燕微笑道謝，只抿了一口，不敢多喝，不然等這麼久，萬一尿急怎麼辦？

不一會兒，一名太監前來通報。

「桃姑娘，皇上在御書房議事，請姑娘隨奴才來，先去暖閣等著。」

桃曉燕朝他輕輕一福。「有勞公公了。」

「不敢，請。」

桃曉燕在心下比了個YA，皇上在忙公事還願意見她，令她心情雀躍。

或許皇上是基於國師大人的面子才見她，但她寧可幻想他是對她印象良好，所以才想見她。

女人見到偶像都會有些花癡，桃曉燕也不例外。

太監領她到一間暖閣，這裡是待客之地，皇上若要與臣子談心，就會在此接見大臣，是個輕鬆愉悅的地方。

暖閣四周種了奇花異草，假山流水，亭臺樓閣，令人在此品茗暢談，也能欣賞皇宮前院的美景。

桃曉燕在暖閣不知不覺喝了一壺茶，吃了一盤點心，上了兩次廁所後，終於聽見宮廷劇裡太監唱名的聲音。

「皇上駕到——」

桃曉燕聽到這句話時，整個人就像打了美容針一般容光煥發，她來到暖閣門口，垂首蹲膝迎接。

身穿黃袍的男人步履沈穩地走來，聖顏威嚴，氣勢逼人。

# 第二十二章

大靖朝傳到魁文帝這一代，談不上太平盛世，卻也富裕有餘。祖輩三代打下的基礎，到了魁文帝手上，便是守住先皇先祖傳下的百年基業，當一個好明君。

魁文帝墨如玉確實是個好皇帝，他讓百姓安居樂業，提拔文武人才，在各地廣開科舉，培養地方官員。

他嚴懲貪官污吏，派兵剿匪，包容御史批判，使自己不愧先帝先祖之期望，往後也能青史留名。

之所以談不上太平盛世，是因為邊關尚有戰事，妖魔依然蠢蠢欲動。

今日早朝，針對邊關鄰國的挑釁，文官與武官各有不同意見，主戰與談和分成兩派，在朝堂上激烈辯論。

墨如玉靜靜聽著兩邊的說法，不置一詞，亦不給結論。

下朝後，他召見六部尚書，在御書房繼續協商討論。

有人主戰，有人議和，有人持中立態度，兩派又在御書房爭得面紅耳赤，墨如玉身為一國之君，一方面要平衡朝堂上的勢力，一方面又要維持邊關安危，實是傷透了腦筋。

讓大臣退下後，他才起身前往暖閣。

桃曉燕求見，令他頗為意外。

他知道她是司徒青染的徒弟，自是願意接見。

為了防止妖魔破壞大靖朝的國運，墨如玉十分禮遇司徒青染，將他奉為國師，為大靖朝卜卦天象，鎮守大靖朝的龍穴。

有司徒青染在，妖魔便不敢在大靖朝橫行，因此司徒青染的白衣弟子們也同樣受到禮遇，免除他們對大官下跪伏拜，甚至相反，大官遇見他們，反而要禮遇三分，不可得罪。

當墨如玉跨進暖閣前院時，便瞧見門口那一抹嬌影。

當皇帝這麼多年，看到的都是人們伏跪在地的頭頂，無人敢直視龍顏，除非他允許。

這女子卻用一雙帶笑的目光迎接他的聖駕，她目光太過明亮，耀眼得好似有星點在跳躍。

連他都能感覺到她眼底真誠散發的喜悅，因他的來到而發光。

一般時候，若是有人未經允許直視龍顏，那是犯上，不必等到他開口，他身旁的大太監榮公公就會出口喝止。

可她是白衣弟子，還是司徒青染的內門弟子，這個特殊的身分，連榮公公都不知該不該喝止，只能偷瞟皇上的眼色。

皇上並無不悅，反而露出新奇之感，榮公公便知道不必制止，這姑娘已得了皇上的眼緣。

墨如玉徑直來到她面前大約三步的距離，停下腳步，居高臨下地用審視的目光打量她。

小姑娘也仰頭望著他，滿眼都是喜悅，嘴角彎起的弧度變大。

她對他露齒笑了。

「……」墨如玉盯著她一會兒，也彎唇笑了。

他沒叫她免禮，而是微彎著身子，打趣地問話。「見到朕這麼高興？」

小姑娘用力點點頭，壓低聲音，偷偷告訴他。「高興。」

雖然小聲，但皇上身旁的宮女和太監都不是一般人，眾人聽到後都很訝異，但面上不動聲色。

墨如玉難得聽到這麼真誠又俏皮的坦白，配上她的笑容，竟令他感到十分愉悅，讓一早被政事弄得心煩的鬱氣消減不少，好似大熱天裡喝了一口涼茶，讓整個心都舒坦不少。

墨如玉這一生聽的奉承話太多了，就數這姑娘說的話最順耳，而且他也感覺不到她在奉承，而是真心實意。

「起來吧。」

「謝皇上。」

桃曉燕開心地要起身，可因為蹲太久，又起來得太快，一時腿軟。她趔趄了下，皇帝眼疾手快扶住她，她也下意識抓住對方的手臂，好穩住自己的腳步。

墨如玉清楚地瞧見她的表情變化，她先是驚訝，卻也沒有慌張，更沒有像其他人那般覺得自己觸怒龍顏，而是高興，對他露出傻笑。

皇上愣住。

太監大驚。

宮女傻了。

這是大膽呢，還是無知呢？

墨如玉突然覺得，這小姑娘挺有意思的。

「妳求見朕，可是奉了國師的命令？」

桃曉燕因為太高興見到偶像，差點忘了正事。

「外頭站著說不方便，咱們到屋裡坐著說，可好？」

墨如玉微笑點頭。「可。」

桃曉燕遂拉著他一塊兒往屋裡去，墨如玉任由她拉著，面含微笑地隨她進屋，不以為忤。

太監和宮女互看一眼，很快跟上。他們都是人精，能侍奉皇上的，察言觀色的本事都不可小覷。

進了屋，桃曉燕立即吩咐道：「快上茶。」

……姑娘，這裡是皇宮，皇上才是主人，妳叫誰上茶？

太監和宮女都沒動，瞧了皇上一眼。

墨如玉對榮公公點頭，榮公公這才吩咐宮女去上一壺熱茶來，將原本已經涼了的茶水全部撤走。

給皇上喝的，自是不能再用原來的茶水了。

墨如玉也不急，與小姑娘喝喝茶、聊聊天，頗有情趣，這跟後宮那些妃子完全不一樣。

妃子是他的女人，討好他是自然的，至於她們用什麼方式討好，各憑本事。

但眼前的小姑娘不是他的妃子，也不是他的宮女，是司徒青染唯一的女弟子，因此墨如玉十分好奇，她進宮的目的為何？還有，為何她對他有一種自來熟的親近？

宮女送來一壺煮好的熱茶，為兩人各斟了一杯。

墨如玉端起杯子，杯蓋在杯緣上輕輕磨了一圈，才緩緩啜飲一口。期間，他抬眼，瞧見桃曉燕笑咪咪地看他飲茶，與他對上眼，她非但沒移開視線，而是眉開眼笑得更歡了。

墨如玉挑眉，將茶盅擱下後，奇怪地問：「妳似乎很高興？」

桃曉燕很老實的點頭。「能見到皇上，當然高興了。」

「喔？為何？」

「我景仰皇上。」

墨如玉頓住，盯著她坦然直白的目光良久，他也笑了。

以年齡上來說，他足以當小姑娘的爹了，而她直白又大方的坦白，讓人很容易相信她的真誠。

「喔？說來聽聽，為何景仰？」

他要聽，她就說給他聽。

她開始述說原因。

難得可以對偶像表白——雖然是古代的偶像，但她相信，在本質上，皇上與現代的周文浩在各方面肯定有許多共通點，因為他們擁有同樣一張臉，絕非偶然。

她一一細數，娓娓道來。

墨如玉一開始只是笑笑地聽著，但隨著她說出自他即位以來，對大靖朝實施的幾條新吏治、新建設，以及懲治貪官、拔擢多少人才的功績後，他的神情難掩驚訝，從一開始的微笑，逐漸轉成認真。

她說出對他實施這些吏治的佩服，又說出他對大靖朝的稅收如何改善。

政不離商，商不離政，政商往往結合在一起，古今皆同。

桃曉燕身為企業家，帶領一個大集團，生意跨足海內外，與政治人物接觸是很稀鬆平常之事。

她穿越到大靖朝，生活數年，對大靖朝的制度當然有所了解，尤其是稅制。

她是商人嘛，當然最重視要繳多少稅了。

她侃侃而談，畢竟在偶像面前，肯定要好好表現。

她一邊細數對皇上施政及改革上的崇拜，一邊觀察皇上的表情，便知道自己猜對了。

大靖朝的皇帝與商場傳奇人物周文浩，果然有共通點。

桃曉燕最後總結。「……以上就是我景仰、崇拜皇上的原因，您不只是個明君，您還是個智者。」

如果說這只是她拍馬屁的方式，墨如玉頂多一笑置之，讓太監給個賞，只因她馬屁拍得好。

但她不是，她了解他的治國之策，明白他改革的苦心，她對他的佩服是真，景仰也是真。

墨如玉重新打量眼前的人，他不再當她只是一個小姑娘，而是一個聰明的女子。

其實他調查過她──司徒青染新收的女弟子，皇帝怎麼可能不派人去查？

商戶之女，也是桃家未來的家主，頗有美色。

女兒說此女為妖，迷惑國師，但司徒青染告訴她，此女雖無仙根，卻有慧根，能抗妖術，故收她為徒。

墨如玉相信司徒青染，故對女兒下了命令，不准再找對方的麻煩，否則嚴懲。

如今他親自看來，只覺得此女性格爽朗，頗有江湖兒女的豁達，行事不拘小節，目光坦誠，只短短相處，便覺身心愉悅。

光是她能列出自己在大靖朝施行的各項政策，以及這些政策對大靖朝有何益處，墨如玉就對她刮目相看了。

確實是個有慧根的女子。

墨如玉向來惜才，便與她討論，順道考考她是真懂，還是有人指點？

卻沒想到這一聊，兩人的話閘子便打開了。

「邊關苦寒，物資缺乏，才會有爭搶、戰爭，皇上不如派有能之人去邊關設立商口，與之通商。百姓吃不飽才會想偷、想搶，若是吃飽了便好說話，不易受他人挑撥離間。」

「朕若派人去設立商口，豈不是給他們搶劫的目標？」

「如果人人能用買的，誰願意冒著性命去搶，有機會平平安安過好日子，人心才會安。」

「妳也說了，邊關苦寒，他們窮苦，哪有銀子來買？」

「他們缺的只是食物，沒有銀子，但有牛羊馬呀，每片土地蘊育的寶物都不同，讓他們以物易物，肯定有皇上需要的，總比犧牲人命的好。」

桃曉燕又道：「只要設立商口，互通有無，皇上派兵駐守，可保商口安全，士兵有事做，又能保性命，外族有食物可換，日日有溫飽，想戰的心思就減少了。」

她再強調。「皇上您想想，邊關為何走私多？那些走私之人為何能保命？便是兩方都有需求，地方官睜一隻眼、閉一隻眼罷了，而走私之人為何敢冒著性命之危？因為獲利可觀呀，這些銀子都流到地方官手中多可惜，要是拿來繳稅就好了，這些稅金拿去養邊關的兵，何須從皇上的國庫出，您說是不是？」

講到生意經，桃曉燕最喜歡了。養一個國家和養一個企業一樣都有共通點，古今人性皆同，只是制度上不同罷了。

墨如玉聽完，不但不怪她有女人干政的嫌疑，反倒視她為人才，聽完她的見解，他如獲至寶，哈哈大笑。

莫怪司徒青染破例收她為徒，原來國師說她有慧根並不只是藉口，此女確實有大才，換成他，他也會將此女收為己用。

如桃曉燕所言，皇帝墨如玉與商界傳奇人物周文浩，確實有共通點。

身為商界大人物，他有大人物的霸氣和肚量。

身為一國之君，他有君王的大氣和遠見。

相談甚歡後，墨如玉可沒忘記，他畢竟是君王，有君王的冷靜。

「妳今日求見，就為了跟朕說這些事？」

「才沒呢。」桃曉燕嘟起嘴。「我跟師父吵架，不想見他，想來想去，唯一能躲他的地方只有皇宮而已。」

墨如玉怔住，一臉驚訝，盯著她如小女兒般傲嬌的表情。

「妳跟國師吵架？」

「可不是，哼！」

墨如玉可稀奇了。「妳跟他吵什麼？」

「不能說，隔牆有耳。」她瞥了瞥那些宮女、太監，跟個門神似的在他身後站了一排。

墨如玉想了想，回頭朝奴才們擺擺手。「全都下去，離遠點，別打擾朕跟曉燕說話。」

「……」皇上，咱們也好想聽聽啊。奴才們心中這麼想，面上可不敢違抗，全部躬身退至門外。

起碼他們知道了一件事，皇上親暱地喊姑娘的閨名，這是決定要護她了。

果不其然，皇上命人將桃曉燕安置在長生殿。

長生殿是各家大臣家眷進宮時的暫住之處，桃曉燕被安置在長生殿其中一間房。

皇上日理萬機，能與她暢談半個時辰已經不簡單了，畢竟從沒有一個女眷能讓皇上特意留下攀談如此之久，還讓皇上特意吩咐榮公公給她安排宮女、太監伺候，享受大臣的待遇。

桃曉燕的計謀成功，可以光明正大的住在皇宮裡，她非常開心。

人一高興，就想吃東西。

她摸摸肚子，對宮女道：「拿些上好的茶點來，我肚子餓了。」

「……」仙人不是都不用吃東西的嗎？這姑娘也太隨興了，住皇宮跟住客棧一樣。

「請姑娘稍待。」宮女朝她福了福身，轉身退了出去。

當桃曉燕成功進駐皇宮，享受茶點美食時，慕兒已經回到國師府，此時正跪在國師大人的廳堂內，賠罪請罰呢。

慕兒忠於國師大人，自是不會隱瞞自己的罪過，她一把鼻涕一把眼淚地將過程向司徒青染一一稟報。

「……是慕兒愚昧，未察覺大師姐的意圖，請國師降罪重罰。」說完整個人伏跪在地，等著國師大人的雷霆之怒。

皇宮禁地，沒有國師的命令，豈可隨意進入皇宮？這是欺君啊！慕兒知道妖女大膽，只是沒想到她膽子大到連皇帝都敢惹。

這世上就沒她不敢做的事、不敢惹的人。

慕兒恨恨地想，自己這回栽了，國師大人若是罰她進黑牢，她也認了。

豈料，她沒等到國師大人的怒火，卻聽到了國師大人的笑聲。

慕兒驚訝，偷偷抬起頭，瞄了國師一眼。

國師大人確實在笑，並喃喃低語。「皇宮啊……虧她聰明，躲到皇宮去了……」想了想，又道：「確實是她會做出來的事，連我都不怕了，她會怕皇帝？」

慕兒覺得，妖女難懂，連國師大人也跟著捉摸不定了，本該生氣的事，國師大人卻笑了。

慕兒突然有一種感覺，不管妖女闖多大的禍，國師大人似乎都不會怪妖女。

司徒青染對她道：「起來吧，恕妳無罪，這件事不必張揚，本座自會處理。」

還真被她猜對了，國師大人不、怪、妖、女。

「是。」慕兒再度叩拜後，才起身恭敬地退下。

待遣退慕兒後，司徒青染一人在屋中，對著窗外那一朵幽蘭沈思。

他一開始很生氣，甚至想把她抓來關禁閉，虧她逃得快，也懂得躲，沒讓他抓到，讓他有時間冷靜下來。

司徒青染事後想想，才意識到原來她為了救冉青，不怕死，也不怕得罪他。

她想保護一個人時，無人可以阻攔她，包括他。

冉青就是他的化身，對於一個為了救他而情願捅破天、不惜得罪他的女人，他怎麼氣得起來？

他搖搖頭，不知該拿她怎麼辦？

告訴她實話嗎？說冉青是他的分身，是他為自己保命的一個障眼法。

司徒青染從不相信任何人，因為人心易變，尤其當涉及到利益時，人心變得最快，連家人、好友都可以反目成仇。

但是，他覺得她不一樣。

這個來自異世的女人，身上有著他這個世界沒有的枷鎖，她不受誘惑，明明只要討好他就能得到一切，但她不屑。

司徒青染失笑，其實他心裡很明白，就因為桃曉燕是這樣的性子，自己才會對她動心。

他的女人並非凡人……她，與眾不同。

對這個與眾不同的女人，權勢或財富可能說服不了她，只剩下男色了。

想到此，司徒青染又開始嘆氣，不知該氣還是該笑？他堂堂一國之師、眾人仰望的仙人，怎麼就比不上一個六歲男孩得她的心呢？

說到男色，司徒青染頓住，突然想到什麼，臉色又沈下了。

「玲瓏。」

一抹白影出現，搖著尾巴，對主人喵了一聲。

玲瓏是他的靈寵，具有靈性，能感應到主人的心意。

「主人有何吩咐？」

司徒青染盯著牠瞧，卻半天沒說話。

玲瓏被他盯得有些發毛。「主人？」

「她對妳，也比對我好多了。」

「……」主人，這不能怪我，你對她做了些禽獸不如的事，大夥兒有目共睹。

「喵嗚～～」玲瓏裝傻，反正牠是靈寵，不關牠的事。

司徒青染想起上一回，那女人第一次見到皇帝時露出的傾慕神情，令他有不好的預感。

她要是敢沾染別的男人……

司徒青染臉色冷沈，黑眸染了些邪氣。

這世上就沒有她不敢做的事！

「去皇宮，待在她身邊，給本座看好她。」

「遵命！」

玲瓏身影一閃，消失在門外。

其實玲瓏很高興接下這個任務，畢竟皇宮內的東西可好吃了，那些太監、宮女侍奉牠就跟侍奉祖宗一樣。

而且，桃曉燕待牠更好，有好吃的先餵牠，牠可樂壞了。

# 第二十三章

於是，桃曉燕就在皇宮住下了。

清晨醒來，便有宮女、太監來侍候漱洗，可皇宮畢竟跟自己家裡不同，桃曉燕實在不習慣，雖豪華，但不實用。

不像自己閨房，每個家具都經過她的巧思，外表看起來是古代的家具，但內裡採用現代的設計，交給工匠製作，以實用、方便為主。

桃曉燕做事講求效率，喜歡精簡，討厭複雜。

她閨房的家具，只有她爹娘和心腹丫鬟知道與眾不同。

一開始爹娘說她搞怪，無法接受，不過她堅持這麼做。待她爹娘用了之後，發現真的很好用，便從反對變成了贊成。

每回她有什麼新製作的好東西，兩老就跑過來看，最後也要她一塊兒找工匠製作。

現在住在皇宮裡，美中不足的就是這些豪華不實的笨重家具，上頭的雕花藝術都是大師級的沒錯，但人每天都要吃喝拉撒過日子，誰會天天去逛美術館？

對於日常用品，她的要求是：一要方便，二要方便，三還是要方便。

就像美人，第一眼驚為天人，但除了外貌，其他一無是處時，相處久了也會膩。

桃曉燕很清楚，自己能待在皇宮是因為她是國師的徒弟，她倚仗的還是司徒青染的面子，這可不行，她必須讓皇上看重她。

不倚仗任何後臺，不倚賴任何勢力，她必須有實力讓皇上看重她，只因為她是她，不是任何人的徒弟。

這也是為何昨日她與皇上閒聊時，大膽地提出她的見解，同時又要避開女子干政的嫌疑，所以她找了個由頭，以景仰皇上為名，藉此闡述她的政商理論，好讓皇上知曉她有才。

不必做出一番大作為，因為這在古代是男人的事，她只需提供想法——一個可以刺激皇上靈感的想法就行了。

就像現在，她在製作一杯提神醒腦的花果茶，酸酸甜甜。

大多男人都怕甜，不喜嚐酸，但是這兩種口味加在一起反倒變成了優點，能夠刺激新的味覺。

桃曉燕知道，皇上早朝結束後會留在御書房議事，議事完便去吃早膳。

吃完早膳，來杯熱茶解膩是最好的。

而皇上若要來她這裡，必是選在用完早膳後的飲茶時間，所以她得先備好茶點。

這茶點還必須僅此她這一家，別無分號，如此皇上才會記住她的茶，以及她這個人。

能夠讓偶像記住自己，這是多麼令人歡愉的一件事。

桃曉燕向宮女要來茶葉和水果，自己按照比例製作酸甜果茶時，突然聽到一聲熟悉的叫聲。

「喵嗚～～」

桃曉燕驚訝回頭，順著聲音瞧去，門口一隻貓兒正優雅地擺動尾巴，圓滾滾的眼珠子瞅著她。

屋裡服侍她的宮女月琴，以及守在外頭的太監小棋子，瞧見突然出現的貓，皆一臉如臨大敵。

「哪來的貓?!」

這裡是皇宮禁地，出入都有人看守，別說人了，連一隻蒼蠅都不能隨便飛進來，更別說是一隻貓。

可這隻貓突然出現，牠是從哪裡來的，他們都沒人知曉。

桃曉燕一見那貓兒就認出來了，立即笑了。

「這不是普通的貓，牠是國師養的貓，叫玲瓏。」

月琴和小棋子兩人本來要上前去趕貓，一聽到這貓是國師大人的，立即撲通一聲跪下，齊齊叩首。

「奴才們拜見玲瓏大人。」

「……」有必要這麼誇張嗎！

這算不算是一人得道，雞犬升天？主人地位崇高，連養的貓都成了貴人。

玲瓏繞過那兩人，來到桃曉燕腳邊，蹭了蹭她的衣襬，跟她撒嬌。

桃曉燕蹲下身將牠抱起來，揉了揉牠的軟毛。「居然找到皇宮裡來了，真不枉費我對妳這麼好。正好，我在吃茶點呢，來，獎勵妳一塊。」她拿了一塊糕點，遞到玲瓏嘴前。

玲瓏一口咬下，吃完還伸出貓舌舔了舔。

「喵嗚～～」牠就知道跟著桃曉燕，肯定有好吃的。

桃曉燕抱著玲瓏正開心，不一會兒，聽到太監的傳報。

「皇上駕到——」

她頓住，瞧了眼沙漏鐘，嘴角勾起俏皮的弧度。果然如她所料，皇帝議完政事，就來找她喝茶聊八卦了。

玲瓏動了動耳朵，仰起頭，盯著桃曉燕的表情。

她神采飛揚，眉開眼笑，皇上的到來令她十分雀躍。

玲瓏再往門外瞧，一身龍袍的墨如玉，隨著太監、宮女的伴駕，朝她這兒走來。

墨如玉臉上亦是帶著微笑。

「拜見皇上。」

「早說了，不必多禮，妳既是國師的內門弟子，可免除一切拜禮。」

「皇上讓民女免禮是皇上大度，民女想向皇上表心意是民女心甘情願。」

墨如玉聞言，哈哈大笑，對身旁的榮公公說：「聽聽，這嘴多甜。」

榮公公笑盈盈地附和。「正因為皇上寬容，桃姑娘才會嘴甜。」

聽聽，這話說得多有技巧、多精簡，把兩人都巴結到了，相比之下，她的話還嫌冗長了呢。

這位公公是個公關人才，桃曉燕在心裡想，可惜是個太監，不然她一定網羅他。

墨如玉看見桌上備好的茶點，好奇地挑眉。

「這是什麼？」

「水果茶。」

這茶不是用瓷杯，而是用琉璃盛裝，可以瞧見裡頭的顏色。

「果子和茶？」

「對，這是我調的果子茶，皇上嚐嚐。」

當她將琉璃杯奉上，放在皇上面前時，榮公公正要開口，凡是給皇上的吃食都要經過銀針試毒，也要太監試一口，確定沒事才能給皇上品嚐。

墨如玉卻抬手示意榮公公不必開口，榮公公面露擔憂地瞥了皇上一眼，這太冒險，皇上分明是想免了這道試毒的手續。

桃曉燕也是人精，只瞧了一眼，便恍然大悟。

她立即拿了另一個杯子，將皇上的果茶倒過去一些，然後親自啜飲一口，又用湯匙舀了一小塊糕點放進嘴裡。

她大方坦然，親自試毒，更顯她的誠意。

她不藏不躲，有一顆七竅玲瓏心，甚得墨如玉的意。榮公公感激地看她一眼，皇上拒絕試毒，皇上沒事，他卻有事，若皇后怪罪下來，他們做奴才的承擔不起。

墨如玉含笑，拿起果子茶喝了一口，細細品嚐後，他挑了眉頭，又再品嚐一口。

接著他拿起筷子，挾了塊已經切成小塊的糕點，搭配起來，竟是如此順口。

連平日不嗜甜的他，都多吃了幾口。

墨如玉點頭讚許。「這果子茶倒是十分特別，配上這糕點，兩廂得宜，有賞。」

桃曉燕笑逐顏開。「皇上的讚美就是對民女最好的獎賞，什麼都比不上。」

墨如玉聞言，再度哈哈大笑。

兩人對飲，品茗果茶，又聊起了茶經，如同好友，氣氛融洽。

墨如玉這一待，就是一個時辰。

這可不簡單，日理萬機的皇上就算去後宮探望妃子，除非留夜，否則是不可能待到一個時辰。

他們飲茶談笑多久，司徒青染就看了多久。

透過玲瓏之眼，他將兩人的互動瞧在眼底。

「主人，可要將她抓回？」

黑牢裡，司徒青染站在水鏡前，玲瓏之眼傳回的畫面，一一呈現在他眼前。

妖怪們或站、或坐、或躺、或趴，圍繞在司徒青染周圍，他們看得出來，他們的王很不高興。

王不高興的原因，出在桃曉燕身上。

黑牢的妖怪們都知道王有了心悅的女人，她是人族，一個什麼法術都不會的人族之女，卻博得了王的寵愛。

為了討她歡心，王還曾經命令他們去找薑呢。

妖怪們最討厭蒜薑之類的東西了，這兩樣東西被人族法師用來當作避邪之物，只因妖怪們受不了蒜和薑的味道。

王明明討厭薑，卻為了那女人，破例吃了有薑的食物。

現在，這個女人卻背著王，跑去找人族男子談天說笑，令他們忿忿不平。

司徒青染只是冰冷開口。「不必。」

「難道就眼睜睜看著她待在皇宮？」一名女狐妖伏跪在王的腳邊，自請任命。「只要王開口，屬下自願去皇宮把人抓回。」

這隻女狐妖曾經化身為女人，在街上遊蕩時，被土匪瞧上，將她劫去，土匪殺人無數，狐妖便挖出他的心臟來吃，事後卻被人族法師追殺。

女狐妖不懂，她吃的是壞人的心臟，人族法師為何罵她喪盡天良？她吃了壞人，這世上不就少了一個壞人嗎？

多虧王救了她，她才撿回一條命，否則百年修為將化為烏有，從此她只效忠王，願受他差遣。

司徒青染瞥了女狐妖一眼，冷冷命令。「沒我的命令，不准動她。」

女狐妖撇撇嘴。「難道王就這麼放任她？」

司徒青染淡淡道：「後宮的女人不是好惹的，她待不久的。」

女狐妖面露疑惑。她修行不過剛滿百年，才能化為人形，但對人族之間的情感不是很明白。

一名女狼妖咯咯笑道：「狐妹子，後宮的女人們日日盼望皇上臨幸，現在皇上被一個外來的女人霸占了，那些妃子們不會坐視不管的，自是會想辦法教訓她，到時候她肯定得離開皇宮。」

女狐妖恍然大悟。「喔，狼姊姊，我懂了，就像貓吃魚，魚只有一條，但貓有十幾隻，不夠分呢，是不是這個意思？」

「狐妹子說得是，就是這個意思。」

另一名蛇妖女來湊熱鬧，她剛修出了水蛇腰，扭呀扭地走過來。「等她被欺負了，就知道咱們王的好了。」

女妖怪們嘰嘰喳喳，男妖怪們聽了也笑，司徒青染從始至終，一臉淡然。

黑牢這個世界是他的桃花源，裡頭的妖怪全是他的手下。與其說，他關著這些妖怪，不如說，他保護著這些妖怪。

司徒青染手一揮，水鏡上的畫面便消失了，他閉目養神，狀似慵懶，實則有些心煩。

「退下吧。」他淡淡命令。

妖怪們的聲音乍然而止，感受到王的威壓，立即作鳥獸散。

司徒青染進到黑牢，為的是圖個清靜，心卻靜不下來，腦海裡浮現的是她嬌笑的容顏。

他其實可以親自去把她抓回來，但這麼做只能抓回人，抓不回她的心。

他知道，只有她自己心甘情願地回來，否則別想她乖乖就範。

就像上一回，她微笑迎接他，把他勾得心癢難耐，當他以為她的氣已經消了，一時不察，才沒瞧出她的異狀。

現在回想起來，才知她必然是怒極了，怒到把他騙上床，衣裳都脫了，然後連個招呼都不打就跑了。

說出去誰相信？這女人竟敢在床上耍他？這天下的女人也只有她敢，讓他又愛又恨，一時心煩意亂，觸動了心魔，才會進黑牢裡靜一靜。

有玲瓏在，其他男人碰不了她，就算對方是皇帝也一樣，他不擔心。

皇帝坐擁三宮六院，能升上妃位的女子，包括皇后，每個都大有來頭。

這些妃子肩負著家族使命，進宮服侍皇帝，目標是皇后這個位置，若是做不成皇后，也要成為皇上的寵妃。

受寵的程度，會影響家族的興旺。

偏偏，她們攻略的目標是個明君，她們的君王自制力超強，處事十分公平，尊重皇后，對後宮女人的寵也從不偏愛，完全是依照她們家族父兄在朝堂上的貢獻而給予。

例如昭妃的兄長在西北剿匪，傳來捷報，剛立了功，皇上當夜便翻了昭妃的牌子，並一連侍寢三日，賜予珠寶、首飾。

昭妃可謂一時風頭正盛，壓了其他妃子一頭，但受寵的程度也就是連續三天服侍皇上而已。

三天後，皇上便沒來了，繼續按照規矩，輪流去翻各院的牌子，務必做到雨露均霑。而該給皇后的榮光則不間斷，絕不會出現因為寵愛哪個妃子而冷落原配之事。

即便原配的年華已不如當年，但皇帝依舊每隔十日便留宿在皇后的錦德殿，因此皇后的位置穩如泰山，多虧她嫁了一個明君。

桃曉燕住進皇宮的第二日時，收到了皇后召見的命令。

皇后是公主的老媽，桃曉燕揍了公主，當媽的怎麼可能不記恨？

桃曉燕還真忘記這檔事了，外頭的太監還在等著回覆。她想了想，這時候皇上還在御書房議事，要等皇上為她撐腰是來不及的，她必須靠自己。

這皇后也真精明，擺明了趁皇上忙於政事時故意召見她。

桃曉燕是來皇宮「度假」的，不是來搞「宮鬥」的，她只思考了一會兒，便抱起玲瓏，走至屋外，對太監露出笑臉。

「請公公帶路。」

太監看了她懷裡的貓咪一眼，便道：「還請姑娘放下貓兒，去見皇后可不能帶畜牲去。」

桃曉燕忽而目光凌厲，語氣嚴肅。「放肆！」

太監一怔，擰緊眉頭，正要質問她時，只聽得她厲聲喝道：「此乃玲瓏大人，是國師的仙貓，修行有成，你竟然語出不敬，侮辱玲瓏大人，是不想活了嗎？」

果然，此話一出，皇后派來的小桂子變了臉色，立即撲通跪了下去。

「奴才該死，有眼不識泰山，不知玲瓏大人大駕光臨，請恕奴才有眼無珠，饒恕奴才！」

桃曉燕抱著玲瓏，故意端著架子，冷聲道：「念你無知初犯，玲瓏大人向來大人有大量，不與你計較，你自己掌嘴十下，以示懲罰吧。」

小桂子感激涕零，又磕了三個頭，立即自己掌嘴十下，不敢有絲毫猶豫。

在皇宮做事最怕禍從口出，觸怒貴人，掌嘴十下已是最輕的懲罰，小桂子當然趕緊打自己的嘴巴，把這事揭過去。

「起來吧，帶路。」

「多謝玲瓏大人，多謝桃姑娘。」

小桂子不敢再刁難，也不敢在她面前拿翹了，氣焰上消了不少，態度上也謙虛了不少。

桃曉燕心想，多虧先前的經驗，知道了玲瓏的好處。其實她也是靈機一動，藉玲瓏的威風給對方下馬威，不然對方還真以為她好拿捏呢。

「皇后的宮殿離這裡多遠？要走多久？」

「回姑娘的話，這裡到錦德殿，步行要兩刻鐘。」

半個小時？那也挺遠的。

「知道了，咱們坐步輦吧，步輦呢？」

「這……」

「你該不會讓本姑娘抱著玲瓏走路吧？」她眯細了眼，而她懷裡的玲瓏也眯細了眼，兩雙眼帶著警告之色。

小桂子打了個冷顫，忙道：「姑娘稍待，奴才這就去命人備輦。」說完匆匆去打理了。

桃曉燕抱著玲瓏坐著等待，雖然皇后不好惹，但她也不是吃素的。

別人礙於皇后的尊榮，敬畏她的地位，但她絲毫沒有這種心理障礙，她抱著玲瓏，低聲感嘆。

「多虧有妳在，不然連個奴才都想欺負我呢。」

「妳總算有自知之明了……」司徒青染也在低聲感嘆，他還以為這個女人不知感恩呢，皇宮是個吃人的地方，他若不派玲瓏去護著她，光是後宮的女人，她就應付不完了。

他的女人，他當然不會容許他人來欺壓。司徒青染勾起淺笑，不愧是他的女人，懂得應變之道。

正當司徒青染頗感欣慰時，桃曉燕補了一句。「畜牲又如何？畜牲可好用了，不像妳那個主人，哼，禽獸不如。」

司徒青染嘴邊的笑容一僵，她這是在罵他嗎？

他的拳頭有些癢，這丫頭……竟敢罵他禽獸不如，簡直不可理喻，有機會他定要好好教訓她。

司徒青染想了想，便給玲瓏一個命令。

「等會兒到了錦德殿，妳離開她的懷抱，去別處待著。」

「主人，屬下若是不在桃姑娘身邊，皇后可能會刁難她。」

「無妨，妳自去一旁，沒本座的命令，不准出現。」

玲瓏十分不願意，因為牠挺喜歡桃曉燕的，被桃曉燕投餵那麼久，牠也是懂得知

「食」恩圖報的。

「主人別生氣，您沒有不如禽獸，您比禽獸厲害多了。」

玲瓏用牠有限的認知來安慰主人。

桃姑娘錯了，因為她沒見過，主人其實比禽獸可怕多了。

「玲瓏。」

「屬下在。」

「閉嘴。」

「……」

桃曉燕坐著步輦，悠哉地一路看風景，有玲瓏當護身符，她一點也不擔心皇后會如何刁難她。

反正到時一併用玲瓏當擋箭牌，諒皇后不敢對玲瓏大人無禮。

桃曉燕想得很美，但她沒想到，馬有失蹄，人也有失足的時候。

步輦到了錦德殿，她抱著玲瓏下了步輦，緩步走進錦德殿。

她一踏入殿內，便瞧見主位上坐著一個穿戴雍容華貴的女子，而她的兩邊分別列位坐了三名女子，穿戴同樣貴氣逼人，一看便知是妃嬪。

這仗勢，有點鴻門宴的味道。

桃曉燕笑了笑，她抬頭挺胸，大方地往前走。黑牢她都去過了，妖怪也打過了，生死關都走過不止一次了。

她會怕一個女人？

不，她不怕，但她會讓對方怕她。

只不過，當她踏進大殿，走沒幾步時，懷裡的玲瓏猛然一跳，跳出了她的懷抱，咻的不見身影。

「……」桃曉燕有霎時的僵硬，因為護身符毫無預警地跑了，她敢隻身前來見皇后，倚仗的就是玲瓏的勢。

現在貓兒跑了，而她已身在錦德殿，所有人都盯著她瞧。

那個高坐在主位的女人，一雙眼冷冷地睥睨著她。

「好大的膽子，見到本宮竟然不跪，還直視本宮？」

桃曉燕心頭咯噔一聲，知道要糟。

「來人……」

在皇后下令之前，桃曉燕搶先開口。

「皇后娘娘，民女乃國師內門弟子，其實是奉國師大人之命，特來進宮見皇后娘娘，還請皇后娘娘屏退所有人，民女好傳達國師的密令。」

皇后怔住，眾妃也懵了。

而看著這一切，聽到她一席話的司徒青染，則是嘴角抽了抽。

他從來都不知道，這女人不只會耍人，她胡說八道的本事也很厲害。

# 第二十四章

皇后派了身旁的嬤嬤去打聽，才知道自己的消息有誤。

聽女兒說，這姓桃的民女是個妖女，迷惑國師，仗勢欺人，欺到公主頭上。

其實，自己的女兒是什麼德行，當娘的多少都知曉，只不過不願意承認罷了。加上奴才的吹捧和奉承，久而久之，就認為都是別人的錯，自己的孩子沒有錯。

就算有錯，也情有可原。

「國師大人」四個字恍若鎮魔咒語，皇后膽子再大，敢對皇上抗議，卻不敢對抗國師大人。

因為國師大人是仙人，在身分上，就比人族的他們要高上一等。此外，她必須維持她賢慧的名聲，不能對德高望重的仙人無禮。

皇后看了嬤嬤一眼，嬤嬤立即會意，命所有奴才退下。

皇后瞧了三位妃子一眼，妃子們便起身告退。

「咱們改日再來向娘娘請安。」

三位妃子好奇死了，她們是皇后黨，倚靠皇后生存，因此即便再好奇，也不得不識相地走人。

待清場之後，皇后便道：「屋裡只剩咱們兩人，說吧，有什麼事？」

桃曉燕看了嬤嬤一眼。

「她是我的心腹，無妨。」

桃曉燕搖頭。「國師只說給娘娘一人聽，必有其因，為免娘娘後悔，還是聽國師建議的好，因為這事一說出去就收不回，娘娘要封口就難了。」

這麼嚴重？

皇后娘娘肅起臉色。雖說她對桃曉燕不滿，想幫女兒報仇，但是當利益牽扯到自己時，她更重視自己的名聲。

她朝嬤嬤命令。「去外頭守著。」

嬤嬤雖然好奇，但也怕聽到不該聽的，自是趕緊告退。

「說吧，什麼事？」

桃曉燕左看右瞧，還在懷疑是否隔牆有耳，見她如此小心翼翼，皇后也跟著慎重起來。

「本宮確定無人，說吧，什麼密令？」

桃曉燕卻道：「拿紙筆來。」

皇后瞪大眼，桃曉燕則讓她瞪，一副「妳自己決定要不要，不要的話，出了什麼事自行負責」的表情。

皇后忍了忍，最後還是答應了，又喊嬤嬤進來，吩咐準備文房四寶後，再讓嬤嬤出去。

桃曉燕坐下來，拿起紙筆，神秘兮兮地寫字，寫時還用另一手遮著，一副怕被人瞧見的模樣。

皇后自恃身分，端著架子，心底卻也迫不及待想知道，國師大人到底要告訴她什麼？

皇后在一旁等得一顆心撲通撲通地跳。

桃曉燕寫好後，吹了吹，確定墨跡乾了，才把紙摺起來。

她走向皇后，又左右看了看，才一臉慎重地說：「看仔細了。」

她將紙條面向皇后，打開，讓皇后看一眼，又立刻摺起來。

皇后瞪著她，她低聲問：「看明白了？」

「不明白，字太醜。」

「我故意寫醜的，讓他人瞧不清，真是的，妳靠近點，再仔細瞧。」

她拉開一點摺縫，讓皇后瞧久一點。

皇后這次瞧得仔細點，當她終於看明白後，抬起頭，面上一片震驚之色。

「這怎麼可能？」

「怎麼不可能？妳自己掂量掂量，否則我為何進宮來，還不是受了師命。」桃曉燕任務達成，順手便將紙揉成一團，覺得還不夠，又把紙給燒了，死無對證，這樣最安全。

皇后臉色變幻不一，好幾次想開口問，但話到嘴邊，又左右張望，她現在比桃曉燕更怕隔牆有耳。

幾經掙扎後，皇后悄悄問她。「這事……該怎麼辦？」

桃曉燕低聲道：「既然告知娘娘了，自當會替娘娘想辦法，不僅是為了娘娘，也是為了大靖朝。」

皇后連忙點頭。「這倒是。」

原本想整治桃曉燕的皇后娘娘，在瞧見紙張內容後，態度一百八十度大轉變，對桃曉燕和顏悅色，再也不提前仇舊怨。

兩人的對話都含著隱晦，不說明白，只說只有兩人聽得懂的話。

最後，皇后不但命人賞了桃曉燕十個金元寶，還送她一顆價值千金的南海珍珠。桃曉燕離開時，皇后還命人抬了步輦，送她回長生殿。

一干妃子和奴才都看傻了眼，原本應該被皇后整治的桃姑娘，最後被皇后禮遇，小心伺候地送回去。

看著這一切的司徒青染，擰緊了眉頭。

被他命令躲開的玲瓏只能藏在暗處，從牠的視角看去，只能看見桃曉燕和皇后兩人神秘兮兮的對話，卻沒瞧見紙條上寫什麼。

司徒青染用食指敲了敲桌子，似是想到什麼，忽地鬆開眉心，笑了。

不管那紙條上寫了什麼，結局只有一個，那就是這女人總有本事可以逃過一劫，她不只要了他，也要了皇上，然後再要了皇后。

這世上就沒有她不敢要的人。

皇后身為六宮之首，她不想對付的人，其他宮妃也不會刁難。

看這情形，要等這女人自己出宮，大約是等不到了。

司徒青染又觀察了三日，當瞧見這女人把觸手伸向其他宮妃，拿著花茶去找人閒嗑牙後，他決定自己不再等了。

他堂堂一個大丈夫，身居高位，又要維持仙人的體面，要他去向小女人低頭很難，只有一個方法，才能說服她出宮。

桃曉燕入宮第五日，玲瓏嘴裡叼了一封信，跳到案桌上，秀給她看。

桃曉燕瞧見牠嘴裡的信封時，忍不住笑了。

她想到曾在YouTube裡，看見幫主人叼拖鞋的狗，又想到在電影裡送信的貓頭鷹，現在她這裡，有一隻仙寵幫她叼了封信過來。

這會是誰寫的信呢？

很簡單，能夠讓玲瓏乖乖送信來的人，最大的機率只有那傢伙。

她收下信，打開來瞧，當見到信中的內容時，她整個人都跳了起來。

皇宮裡禁止奔跑，以免衝撞貴人，但桃曉燕哪裡管得了那麼多？

她直接衝出殿外，果然見到臺階下停了一輛馬車，一名白衣弟子立在馬車旁，當見到她匆匆下來時，白衣弟子拱手向她施禮。

「大師姐，小的奉命來接妳回府。」

桃曉燕喔了一聲，直接越過他來到馬車旁，打開門，裡頭什麼人都沒有，轉頭問向白衣弟子。

「只有你來？」

「回稟大師姐，是的。」

「你在國師府可有見到一個男孩子？大約六歲左右。」

「回稟大師姐，未曾見過。」

「你確定？或者有沒有人聽別的弟子提到過？」

白衣弟子想了想，回答道：「我乃外門弟子，或許大師姐說的男孩在內門裡也不一定。」

桃曉燕目光閃了閃，心想司徒青染應該沒這麼低級，用這種謊言來騙她，那廝驕傲得很，她住在皇宮五日，國師府沒個動靜，也沒聽說他大發脾氣。

照理說，他應該氣極了，畢竟哪個男人能忍受在床上被撩到都硬了，結果女人轉頭就跑，把他晾在床上，自己處理去。

若換成是她，她會抓狂。

這也是為何她要躲到皇宮裡，就是要防著他抓狂後找她算帳。

她等了五日，只等到風平浪靜，國師府沒派人來戳穿她的謊言，皇上和皇后真相信她是國師府派來的。

基於這一點，讓桃曉燕對他的氣消了一半，算他還有點良心。

本來她以為至少要撐個十天半個月才會有結果，她還打算若是半個月過去了，司徒青染依然不肯依她把冉青放出來，那她就自己想辦法進黑牢。

沒想到才過了五日，司徒青染就派了白衣弟子來接她出宮，還讓玲瓏捎帶了封信給她。

我在府中，速回。冉青筆。

這就是信上的內容，簡單明瞭。

她沒見過冉青的字跡，因此不確定這封信是不是他寫的？問白衣弟子又問不出個結果。

想來想去，只能從司徒青染的性子上去琢磨，他若要帶她回府，其實只要一句話，皇上肯定把她打包送出宮，而她賭的是他不屑這麼做。

她果然賭對了！

司徒青染沒必要騙她，那麼冉青就真的在國師府裡了！

想到此，桃曉燕興奮難耐，她搞出這麼多花樣，為的不就是要讓冉青出黑牢嗎？現在目的達成了，她也沒有待在皇宮的必要了。

「你等著。」

丟下這話，她又轉身匆匆回到殿內，準備告假回家啦！

御書房內，皇上已經得知國師府派人來接桃曉燕回府。

榮公公將一份餐盒遞給皇上。

「這是什麼？」

「稟皇上，這是桃姑娘叮囑的今日的茶點，說要獻給皇上的。」

墨如玉一臉興致盎然。「呈上來。」

榮公公應聲，將餐盒呈到案上。

餐盒是一個盤子，上頭蓋了餐蓋，墨如玉沒讓人服侍，而是自己親手將餐蓋打開。

餐盤上放了一份糕點、一瓶飲品。

糕點上用花瓣點綴，飲品則是用透明的琉璃杯盛裝。

這琉璃杯本是裝酒用的，桃曉燕把它拿來裝綜合果汁，還在瓶頸上打了個漂亮的粉色蝴蝶結。

這在現代是很普通的裝飾，到了古代就成了別出心裁。墨如玉看得新鮮，欣賞了一會兒，覺得這個結打得很特別，他從沒見過這種打法。

這個結不繁複，就是很簡單，但卻別有一番優雅，配上琉璃杯中的飲品顏色，更加相得益彰。

墨如玉心情好極了，對榮公公道：「你看這個結，看起來像什麼？」

榮公公也細看了下，但他看了半天，卻看不出個所以然來。

「奴才眼拙，還請皇上明示。」

墨如玉的興致被挑了起來，宣布道：「把這餐盤送去錦德殿，讓皇后給各宮的娘娘們瞧，誰能瞧出這個結像什麼，朕有賞。」

因此，桃曉燕用短短五分鐘弄出來的茶點，也是向皇上告假的臨別禮，就這麼被送到後宮去做了巡迴展示。

各宮的娘娘、貴人被皇后召到錦德殿，聚在一起研究這一道茶點，眾貴人無不絞盡腦汁去研究那個結。

她們不敢拆開，怕拆了綁不回去。有人看不懂，不明白這打了兩個圈圈、下頭垂了兩條布的結有什麼特別的？

這是不懂欣賞藝術的人才會有的想法，懂的人就看出來了，這個結就難在線條太簡單，卻有一種平衡感。

有人猜是丫鬟頭上的髮髻，有人猜是一種糕點的模樣，眾人從食物猜到各種民生用品。還有人猜它是一種寓意，代表兩個圓滿。

總之，眾人絞盡腦汁，不只是為了皇上的獎賞，也為了學會這個結，因為這個結讓皇上龍顏大悅。

眾人把自己的猜測寫在紙上，再由皇后命人交給皇上。

最終，沒有一個人猜對，而墨如玉並不失望，他興致滿滿地公布了答案。

大靖朝的魁文帝將此結命名為──蝴蝶結，因為皇帝覺得這個結像一隻蝴蝶。

這件事後來傳到桃曉燕耳中時，讓她驚訝得下巴都要掉了，接著滿眼崇拜地冒著心心。

不愧是她的偶像，這樣也讓他猜中了！

當眾人在忙著猜謎題時，桃曉燕已經坐馬車回到國師府了。

她一下馬車便左右張望，然後匆匆去尋人。

她四處找了找，問了白衣弟子，無人知曉，也無人見過，國師府哪有一個六歲的男孩？

桃曉燕心想，冉青畢竟是半人半妖，既是半妖，就不能讓人發現，因此她不找了，改去問司徒青染。

他要是敢耍她，她就不再理他，直接進黑牢去。

她來到司徒青染的內院，本以為會見到他的人，誰想到一進屋，瞧見的是那小小的身影。

他就站在窗口，雙手負在身後，聽到動靜，他轉過頭來，與她對視。

冉青！

桃曉燕先是愣怔，繼而驚喜交加，立即奔向他，咧開燦爛的笑容。

他就站在原地凝望著她，看她張開雙臂，他勾起唇角，任由她抱緊自己。

「冉青！真的是你！」

「嗯。」

桃曉燕哈哈大笑，抱緊他又鬆開，把他從頭到腳看了一遍，發現他穿著乾淨的衣衫，氣色紅潤，頭髮梳得整齊，被好好地束在腦後。

以往臉上、手上總有些小傷，現在那些傷痕也不見了，而他目光明澈，不似在黑牢裡那般充滿戾氣。

眼前的他，俊得像是世家出來的小公子。

看得出來，他過得很好，並不如她想像中那般被折磨得不成人樣。

桃曉燕一直牽掛著他，如今看到他完好地站在自己面前，她總算把心中的大石放下了。

「對不起，我不該離開你的。」她再度抱緊他，終於把這句遲來的道歉說給他聽了。

「我那時只是一時氣憤罷了，並沒有要離開你，你別怪我。」桃曉燕訴說著當時的心境，她曾回去找過他，還跟妖怪打了一架，結果人沒找著，自己卻被司徒青染給帶出黑牢了。

她告訴他，她一直想辦法救他出來，耽擱了些時日，希望他不要生氣，以後她再也不跟他鬧離家出走了。

她是大人，應該讓著他，本以為兩人相見的希望渺茫，幸好老天保佑，他們不但相見了，他還出了黑牢。

黑牢都是妖怪，他一個小妖困在黑牢，整日擔心受怕被欺侮，太可憐了。現在可好了，他出來了，以後就由她照顧他、保護他。

「咱們以後不吵架了，就算吵架也要和好，好不好？」桃曉燕慎重地向他承諾。

兩人就是因為吵架才分開的，她後悔得要死，現在重新來過，她要跟他約法三章，不要再發生這種令人遺憾的事了。

他點頭。「好。」

桃曉燕見他不氣，不管她說什麼，他都點頭說好，臉上笑咪咪的，非常好脾氣，這不禁令她十分好奇。

「這段日子，你在哪裡？」

她一直以為他過著逃亡的生活，或是被困在哪個妖窩裡受人欺辱，可是現在看來，他分明就是吃得好、住得好，還穿得好呢。

白裡透紅的俊臉散發著健康的氣色，絲毫找不到餐風露宿的痕跡，分明這段日子過著養尊處優的生活，令她不禁狐疑。

冉青盯著她，突然回答。「我一直在國師府裡。」

桃曉燕再度驚訝，還以為自己聽錯了。

「你一直在國師府？」

「是。」

「不在黑牢？」

「不在。」

桃曉燕愣了愣，驀地恍悟，沈下臉。「司徒青染將你關在國師府的某個地牢？」

他搖頭。「不是。」

不是？那就是——

「他拿你去試丹藥？」

「沒有。」

「他可有折磨你？」

「無。」

「他可有威脅你？」

「亦無。」

桃曉燕被搞糊塗了，既然他沒有被折磨，沒有被虧待，又一直待在國師府，看起來過著吃香喝辣的日子，司徒青染為何不告訴她？冉青又為何不出現？

「你快說說，這到底怎麼回事？既然你一直在國師府，為何不找我？也不讓我知曉，害我白擔心了好幾日。」

冉青卻是沈默不語，只是盯著她。

「你怎麼不說話？是不是司徒青染不讓你說？沒關係，我去問他，他人呢？」

冉青看著他，緩緩開口。「他一直在。」

「蛤？在哪裡？」她驚訝地左右張望，卻始終沒見到人，屋子就這麼大，藏不了人，他也不需要藏啊。

她遍尋不著，便又回頭問他。「這屋裡明明就只有咱們兩人——」她驀地頓住，目光直直盯住他。

適才太驚喜，以至於讓她忽略了一些事。有些事禁不起細想，因為一旦開始細想，就會發現很多細節。

冉青的眼神，跟某人很像。

冉青的五官，跟某人也很像。

冉青的脾氣，跟某人簡直一模一樣。

司徒青染？冉青？

「……」媽的，不會吧？

桃曉燕不想相信。

「司徒青染？」

「嗯。」

他嗯了聲，沒有否認。

有些事真是細思極恐……冉青就是司徒青染?!

桃曉燕此時的表情可謂精彩絕倫，她沒有尖叫、沒有暴怒，也沒有歇斯底里地抓狂，她只是盯著他。

司徒青染等著她發狂，他本來不想告訴她的，但沒辦法，這女人太倔了，他無法再變出另一個冉青給她，而他也不允許有另一個冉青被她所重視。

他的女人心裡只能想著他、看著他。

所以他決定告訴她真相，也做好了準備，容許她的放肆，畢竟這事是他起頭的，他不願意她再為了此事與他心生隔閡。

她該高興，因為這是他第一次親口把這個秘密告訴她。

他等著她撒野，但是她的反應太過平靜，而她的眼神太過詭異，讓他不得不開口解釋。

「如果妳生氣，我可以理解，但這是我的秘密，我有不能說的原因，告訴妳已經是破例了。」

這個世上能與他同享秘密的女人唯有她，這等於是讓他把自己的弱點交到她手上，這對他來說，是一件攸關性命的大事。

他希望她能明白，他司徒青染從沒對一個女人如此交心過，過去沒有，未來也不可能，就只有她。

隨著她沈默的時間越久，司徒青染的心也漸漸沈重，臉色也越來越難看。

「妳沒有什麼要說的嗎？」

他暗暗握緊拳頭，眼神也幽暗如黑淵。

桃曉燕總算有了反應，她深深地做了個吐納後，才冷冷地回答他。

「我不能跟你在一起。」

司徒青染眼瞳驟縮，黑眸裡的暴虐漸起，一字一字地威脅。

「妳再說一次？」

說就說，WHO怕WHO！她在心中拍桌。

「你才六歲，就敢睡了老娘，信不信老娘閹了你，你個天殺的小色魔！」

# 第二十五章

司徒青染生平第一次，被一個女人指著鼻子大罵。

這女人氣極敗壞，他卻聽得氣不起來，還很想笑。

她不是不喜歡他，不是要離開他，她只是不能接受跟一個六歲的男孩有了肌膚之親。

六歲？不，他其實已經超過一百歲了，只不過仙途漫漫，仙人壽命動輒六、七百年，隨著修為越高，超過千年的都有，相比之下，一百零六歲的他確實還只是個毛頭小夥子。

在桃曉燕的謾罵下，他的外形發生變化，從六歲的冉青慢慢變化成成年男子司徒青染。

變化的過程彷彿像是一個孩子急速長大，稚嫩的臉蛋、幼小的身軀急速茁壯，讓她從俯視、平視，一直到抬頭仰視。

男人赤裸的身軀袒裎在她面前，小男孩的衣衫早已因為急速膨脹而破裂，露出男人結實的胸膛。

這不是他第一次在她面前一絲不掛，卻比任何時候都迷人，有一種原始野性的強悍。

男人俯看著她，氣勢凌人。

桃曉燕怔怔地盯著他，不由自主伸出一隻手摸上他的胸肌，戳一戳。

是真實的，不是作夢。

光天化日之下，什麼都沒穿的國師大人一點也不害臊，任由她看，任由她摸。

「這才是真正的我，是個成年男子。冉青是我年幼的模樣，我可以回到童年的樣子。」

桃曉燕呆呆地問：「你幾歲？」

「一百零六歲。」

「你可以活多久？」

「看修為，我師父活了六百多歲。」

「……」

「還有什麼疑問？」

「上次你變成狼……」

「那是化身，我是人，不是禽獸。」司徒青染冷哼，知道她要說什麼。「還有問題嗎？」

「有。」

「說。」

「為什麼騙我？」

這次輪到他沈默了。

她恨恨地質問。「要我很好玩嗎？從一開始，我就被你壓著一頭，你有權有勢，還會仙術，而我只能努力迎合你、討好你，想辦法求生存。可是你呢？先是讓公主砍我一刀，接著讓我試一些亂七八糟的丹藥，當所有人都羨慕我受你寵愛時，你可以笑笑的把我丟到黑牢去。

「去黑牢時，我也認了，本以為可以在黑牢裡求個清靜，過自己的日子，誰知道又被你耍！冉青？呵，我怎麼這麼遲鈍，居然沒發現這兩個字顛倒過來就是青染，你的名字。

「我像個傻子一樣照顧你、伺候你，還妄想保護你，而你則像看笑話一樣把我當猴耍，更可笑的是，我為了求你救冉青，還願意讓你睡，我甚至冒著生命危險入宮，差點被皇后整，但是做這些事，我都無怨無悔，因為我認為自己在做對的事。」

她自嘲地笑。「結果呢？我心心念念要救的人，才是真正把我耍得團團轉的人。司徒青染，我才想問你，你到底想幹什麼？是不是要把我玩死你才甘願？」

他立即回答。「不是。」

「不是？那你要什麼？」

「我要妳。」

她氣笑了。

「要我成為你的玩物？」

「不，成為我的伴侶。」

桃曉燕怔住，接著想到什麼，又冷下臉。

每當她相信自己得了他的寵時，他就給她當頭潑冷水，令她後悔莫及，她受的教訓已經夠多了。

最大的一次教訓，就是她把自己獻給了他，以為自己抓住他的心，結果呢？結果她犧牲奉獻想解救的人，到頭來都是假的。

真是夠了！

司徒青染從她的表情瞧出了端倪。「妳不信我？」

「不信。」她回答得很乾脆。

他擰眉。「為何？」

「問你啊，你有什麼值得我信的？」

司徒青染沈默不語。

他承認，一開始自己確實是虧待她了，那時候他沒把她當一回事，行事便有些無情，現在他後悔了。

他望著她，這個來自異世的女人跟他這個世界的女人都不同，當他還是冉青時，不設防的她對他說了很多她那個世界的事。

他記得她說過的每一件事。

「妳曾說過，在妳那個世界是一夫一妻制。」

話題突然轉到這裡，令桃曉燕感到莫名其妙。

「妳說過，男女一旦成親，就要寫書契、畫押，並在眾人面前發誓不離不棄，是吧？」

她一臉狐疑地看他。「你提這個做什麼？」

「我司徒青染願遵守一夫一妻制，一生只娶一個妻子。」

他突然握住她的手，將她的手舉起，放在唇邊親吻，在她呆愣之際，猝不及防地咬了下去。

「啊！」

桃曉燕痛呼，掙扎著要收手，但他指掌如鐵，牢牢扣住。

她的手指被他咬出了血，接著他也將自己的食指咬出血，然後與她的食指扣住，將兩人的血融合在一起。

「我與妳簽下血契，並向天地起誓，司徒青染這一生只娶妳為妻，只有妳一個伴侶，陪妳一生一世，至死不渝，若違此誓，天誅地滅，叫我不得好死。」

桃曉燕停止掙扎，震驚地瞪著他，就見他發完誓後，便吮吻著她的食指，將上頭的血舔乾淨，接著，他將自己的食指伸到她唇邊，她才從呆愣中回過神來。

意思很明白，他要她吃他的血。

桃曉燕猛然意識到，這是一種儀式，她腦子裡浮現四個字——歃血為盟。

她連心理準備都沒有，就突然被他拉著進行儀式，上一刻她還堅定地警告自己不能相信他，下一刻這男人就對天地起毒誓，許下對她的承諾。

桃曉燕可以隨口說出一堆甜言蜜語，可以不必在乎別人的言語謾罵，因為不用錢，也少不了一塊肉。

商人重利，務實最重要。

但是，她重視合約，因為她是一個有誠信的商人。

這廝突然拉著她簽什麼血契，她感覺到這絕不是開玩笑的，他是來真的，這個血舔下去是要負責的。

她不敢舔，露出怯意，直覺地想逃。

司徒青染豈容她退縮？堅持要把儀式做完，不管她願不願意，他只認她為妻，一把將她摟過來，他吸吮手指上的血，接著握住她的下巴，令她抬頭、張口，承接他霸氣強勢的吻。

唇舌糾纏中帶著血的鹹味，男人的力氣太大，她根本拒絕不了，而他也不容許她拒絕。

這個吻沒有停止，反而更加深入。

男人的鐵臂環著她，將她揉進赤裸的胸膛裡，因此她能感覺到他下身的硬物正抵著她，那是他赤裸裸的慾望。

他不會說甜言蜜語，他只會用行動展現決心，血契已成，她是他的妻了。

他的唇來她的耳邊，低低喚了兩個字——

「老婆。」

她說過，她那個世界的男人會對自己的女人喊「老婆」，他也如實照做。

桃曉燕原本還僵硬著，聽到他喚自己老婆，這兩個字宛如春藥一般，令她起了一層雞皮疙瘩，身子立刻變軟了。

司徒青染立即感受到她的變化，因為自己的一聲輕喚，原本抗拒的女人接受了他的懷抱。

他立刻把握時機，手一揮，門窗關上，抱著她走向寢床。

桃曉燕知道接下來會發生什麼事，但她沒阻止，也沒抗議，她只是乖乖地在他懷裡，默許他的行為。

唉，「老婆」這兩個字太有魔力，他喊她老婆時，嗓音磁性又迷人，喊得她一顆心都輕顫了，跟下蠱似的。

反正做都做了，跟他又不是第一次，而且氣氛這麼好……

桃曉燕沒發現，自己對他的容忍度其實挺大的，她可以舉出他的劣跡，可以批判得咬牙切齒，可是當他寵她時，她還是接受了，同時也挺享受的。

她嘴上不願，可是行為上卻完全相反。

有人說，身體是最誠實的，他一吻她，她就像觸電般起雞皮疙瘩，他撫摸她，她就著火了。

他還沒進來，她就已經滋潤得出水了，因此當他進入時，她已經做好完全接受他的準備。

一槍到底，痛快而舒服，這具十六歲的年輕身子已經完全綻放。

跟他在一起，完全忘了時間的流逝，整個過程都像一場儀式，他既溫柔又狂野，這個可惡的男人一旦寵起女人來，像不要錢似的給她。

既痠且麻，可是痛快。

她記不清了，但知道兩人不只做了一次，她上了雲端也不止一次，而他好似有用不完的精力。

不知是第幾次，她聲音沙啞得都沒力了，只感覺在昏沈中，他突然變得猛烈，如猛虎出擊，彷彿前幾次都只是熱身，只有這一次才是真正的出擊。

男人抱著她，她感受到他呼吸的紊亂和沈重，而她喜歡他這樣的失控。

她很想再讓他更失控一點，因此她主動圈住他的脖子，在他耳邊喚了兩個字——

「夫君。」

男人身子一抖，下腹一熱，她知道他受了刺激，而這個刺激有效。

他去了。

她得意地勾起嘴角。

很好，她累斃了，可以睡覺了。

桃曉燕不知自己睡了多久，但她知道每次她一醒來，身體一定是乾乾淨淨的，床單肯定換新的。

其實潔癖有潔癖的好處，有人勤快地打掃清潔，伺候她淨身，她何樂而不為，在這方面，桃曉燕是很懂得放鬆、享受的。

她一睜眼，就瞧見身邊的男人。

他坐在她身邊，讓她睡在自己的腿上，而他習慣拿一本書冊在看，當她一睜開眼，他的目光就移過來，與她對上。

桃曉燕感覺到，有什麼東西改變了。

上回跟他做完，隔日像被卡車輾過似的，手腳都不像是自己的。可是這回做完，她卻感到全身清爽，精氣神都很好，也沒有痠痛到不成人樣的感覺。

難道上回是他採陰補陽，這回他讓自己採陽補陰？

兩人就這麼對望著，他的眼神也不一樣，竟讓她感覺到溫柔。

基於以往教訓，她這人還是有警覺性的，所以決定試一試。

「我口渴。」她說。

他舉起手，攤開掌心，桌上的水杯就來到他手上。

「……」可真方便。

她起身，就著他手上的杯子探頭去喝，接著擰眉，向他抗議。「茶水是冷的。」

司徒青染頓住，瞧見她雙目發亮，一副等著他變出熱水的表情，他笑得無奈。「熱水得煮。」

她喔了一聲，繼續等著茶來伸手。

他失笑搖頭，順手又將水杯送回桌上，下了床，親自去為她燒一壺熱水。

桃曉燕就窩在床上，用被子包裹住自己，看著他的身影。他罩了件外衫，遮住結實的身材，親自動手去煮茶。

不到一刻，熱呼呼的茶水被他親自端著，送到她嘴邊。

她做出一副怕燙的樣子，他便又端回來，吹了吹，待到稍微涼了一點，再送到她嘴邊。

她這次喝了一大口，太爽了！

解了渴，她又說：「我餓了。」

待他準備拿出一顆辟穀丹時，她拒絕，要求道：「我想吃熱呼呼的食物。」

司徒青染頓住，繼而微擰眉頭。

桃曉燕可不退讓，她不是那種一旦跟男人上床後就變成戀愛腦的女子，什麼都聽男人的，沒有自己的主見。相反的，她反而更大膽要求對方。

做夫妻可不是那麼簡單的，這中間的眉眉角角太多了。

婚前，兩人不必二十四小時黏在一起，可以保有自己美好的一面。

婚後，那就不同了，吃睡在一起，拉撒避不了，想保持形象，不可能。

桃曉燕了解人性，她也不是無知的小女生，連續劇的夢幻愛情是編出來的，她每回看每回笑。

如果她還在現代，家族會為她安排相親，選擇企業聯姻的對象，經過所有大老同意後，她才會去結這個婚。

企業聯姻跟做生意一樣，皆是利益的結合，一開始就要處處計較的，誰跟你談情說愛？

利益比愛情可靠多了，伴侶是事業合夥人，如果看不透這一點，就別當集團接班人，趁早把位置讓出來。

這是她的成長背景，所以養成了她對情愛的冷靜，這已經深入骨髓，成了她的一部分。

司徒青染要娶她做妻子，她就讓他趁早明白，他的枕邊人是什麼樣的性子。

「我不會煮，不如去外面吃？」

桃曉燕愣住，原以為他皺眉是因為不悅，哪想是他在苦惱煮菜這件事。

他可以為她倒茶，但是她要熱呼呼的食物可就難倒他了。

連薑和芋頭都分不清的男人，煮菜對他而言跟無字天書一樣難。

桃曉燕見他為此苦惱，突然就心軟了。

「叫外賣吧。」

見他一臉茫然，彷彿不懂什麼叫外賣，她又解釋了一句。

「找人去飯館買回來。」

他想了想，點頭。「行。」

沒有意外的，負責此事的人落在慕兒身上，當慕兒聽說要點外賣進府給「大師姐」吃時，她已經麻痺到可以目不斜視、面不改色。

「弟子遵命。」

慕兒冷靜地轉身，從頭到尾都沒有大驚小怪。

桃曉燕覺得可惜，她其實很想見慕兒崩潰又隱忍的模樣，那樣的姑娘多可愛多生動啊。

慕兒若是知道桃曉燕這麼想，肯定找時間崩潰給她看。

外賣照例有魚有肉，當香味充斥整間屋子時，桃曉燕忍不住瞧了司徒青染一眼。

他沒有避開，而是陪在她身邊。

她看著一桌子的美食，又忍不住目光頻頻往他那兒瞧去。

他笑問：「怎麼了？」

見他似乎不在意，她便動手拿筷子。「沒事。」

她挾了一口魚肉，往嘴裡塞。

天香酒樓的這道魚料理，是用了十幾種香料去燉煮的，做得比她家四季飯館的魚料理還好吃。

她本以為司徒青染會介意，畢竟她聽慕兒說過，白衣弟子要吃東西只能在外院，國師府內院不可以有煙火氣。

可是現在，司徒青染不但讓她在他屋裡用餐，還陪著她。

他如此改變，倒令她不適應了。

高冷男突然變成了暖男，讓她好不習慣。

司徒青染見她頻頻看來，吃得不經心，以為是食物不好吃。

「如果不喜歡，要不要換一家吃食？」

她驚得連筷子都掉了。

司徒青染放下書冊，來到她身邊，手一舉，地上的筷子就飛起來，直接化為粉末，然後消失不見。

「筷子髒了，換一雙。」他解釋，然後人便出去，再進來時，手上多了一雙銀筷子。

「拿好，別又掉了。」他把筷子遞到她面前。

桃曉燕看著他，慢慢接過筷子，還是一副不經心的模樣，一雙眼依舊忍不住頻頻對他打量。

司徒青染坐下來，問道：「怎麼了？有事就說，不用顧忌。」

既然他問了，她就說吧，憋著也挺難受的。

「如果你不喜歡食物的味道，不用忍，我可以去外頭吃。」

她這人也很有良心的，他都付出誠意了，她也不想憋著他。

「我為何要忍？」

「你不是討厭食物的味道？」

他搖頭。「我不介意，妖魔的血腥味我都聞過了，食物的味道於我無妨。」

見她訝異，他終於懂了。

「我不吃是因為修行，如果有必要，我也是會吃的。」

桃曉燕恍然大悟，突然想到先前的血契。他連她的血都嚐了，確實是不介意血腥味，既然不介意，又怎麼會受不了食物的味道？

她「嗯」了一聲，便接過筷子，繼續吃。

也不知是不是先前運動量太大，她食慾特別好，叫來的三菜一湯，她全部都吃光了。

「吃飽了？」他問。

「飽了。」她回答。

他點點頭，舉起手，她以為他又要施展魔術把東西變不見，誰知他只是舉起手，朝桌面敲了敲。

「慕兒，收走。」

過了一會兒，門打開，慕兒恭敬地朝兩人福了福，然後便將餐具放進餐盤裡，面不改色地轉身出去。

司徒青染回頭，見桃曉燕盯著他看，笑著解釋。「慕兒的嘴跟蚌殼一樣緊，她不會說的。」

她介意的不是這個好不好，但……算了，如果他可以不介意她吃葷，那也很好，她可不想一結婚就得改變自己的飲食習慣，那太折磨人了。

結婚……呵，她居然想到「結婚」兩個字？她是他的妻，這男人是她的丈夫了。

司徒青染的改變讓她意識到這男人是認真的，連帶也影響她對這門婚姻似乎必須嚴肅看待。

「既然妳吃飽了，咱們就來談談吧。」

桃曉燕回神，迎上他幽深的眼神，警戒心立刻升起。

「談什麼？」

「談談妳在皇宮的事。」

不會吧，他這時候來跟她算舊帳？

她抬起下巴，冷哼一聲。

算帳就算帳，說要算帳，他的舊帳可比她多太多了！

「行啊。」

她瞧了他一眼，一副「放馬過來」的架勢。

司徒青染悠悠地說：「妳給皇后的紙條上，寫了什麼？」

桃曉燕怔住，繼而恍然大悟。

原來他問的是這件事啊？

她想哈哈大笑，但猛然頓住。

不對呀！他怎麼知道她給皇后寫了紙條？他當時又不在那裡！

見她瞪大眼，司徒青染勾起一抹神秘又幽深的笑。

「妳成了我的妻子，不可對丈夫隱瞞，不然我會不高興的。」

# 第二十六章

桃曉燕懷疑，不，不是懷疑，是肯定，他在她身上肯定裝了某種監視器之類的法寶。

當時殿內只剩下她和皇后兩人，根本沒有別人，他是怎麼知道殿內的事？

這表示，司徒青染有什麼方法可以知道她的一舉一動。

問題是，什麼方法？

無意中得知這件事，令她頗感心情複雜，雖然不會生氣，但也談不上高興。

不生氣的原因是，這表示他真的在乎她，才會想知道她的一切。

談不上高興的原因是，她發現這男人占有慾很強。

試想，當發現自己交往的男人占有慾很強時，女人會高興嗎？

可自己兩種反應都沒有，所以反觀諸己，她也不太正常。

這麼一想，她就豁達了。

桃曉燕生性倔強又不肯服輸，既然兩人都不正常，與其讓自己受不了他，寧可讓司徒青染更受不了她，這就是管理上千員工的企業總裁的意志力，拚的就是一個贏。

在司徒青染的質問下，她笑了。

「好啊，為了以示公平，你告訴我你是如何知曉的，我就告訴你我給皇后寫了什麼。」

說話時，她還順手摸上他結實有力的胸肌。

桃曉燕很滿意他的身材，勻稱有度，她可不喜歡誇張的肌肉男。

懷裡的女人狐媚得像個妖姬，狡黠靈動的美眸十分勾人，那隻手大膽地撫摸他的胸膛，撩得他心尖也跟著癢。

明知她在套他的話，想知道他如何得知她在皇后那兒的事，他要是說了，以後還怎麼去掌握她的行蹤？

不能說，說了，怕她躲；但不說，她肯定不會告訴他紙條上的內容。

這女人就是有本事撩得他心猿意馬，卻又奈何她不得，只能套話了。

司徒青染勾起一抹神秘的淺笑。「妳不說，我也能知道。」

「喔？是嗎？」

「皇后對妳的態度前後不同，必是妳說了什麼令她在意之事。」

桃曉燕嗯哼一聲，讚許地點頭。這很容易猜嘛，不稀奇。

「皇后以賢名為傲，注重名聲，妳對她說的事，肯定跟她的面子有關。」

她再度嗯哼一聲，笑得慵懶而傲嬌。

「妳明知皇后對妳有怨，仍敢進宮，有恃無恐，倚仗的無非是我，因此……」大掌抓住胸前那不安分的纖手，俊容移近，鼻息欺近她的臉龐，精銳的黑眸直直看進她的眼。「妳必是假傳我的旨意，轉告皇后。」

桃曉燕看著他，狀似漫不經心地「喔」了一聲。

可惜儘管她極力隱藏，還是被他瞧出來了。

眼神無法騙人，她的目光在閃動，表示他猜對了。

「唯有國師說的話，皇后才會相信。因此妳唯一能利用的，就是藉著國師徒弟的身分傳達旨意，我猜得對嗎？」

她笑了笑。「你說呢？」

他也笑了。「我猜得對不對，只要找皇后問一問就知道了。」

桃曉燕臉色一僵，再也裝不下去了。

這廝太聰明，居然一下子就猜到了，讓她想藉此拿翹都不行，想套他的話，卻反被他套出真相。

他若是找皇后對質，皇后肯定會說，而她還得靠司徒青染幫忙圓謊呢。

桃曉燕不爽了，本以為占上風的她，一下子就居了下風，他都猜出來了，而她還沒找出他如何監視她的方法。

不玩了！

她要抽回手，大掌立即收緊不放。

女人鬧脾氣了，更證明他猜得八九不離十。

「走開！」她用力推他，男人不動如山，反倒更加欺壓過來。

「生氣了？」

「對！」

「願賭服輸，不可賴皮。」

「我就賴皮怎麼著！」

她凡人的力氣哪裡能撼動他一分，也不知是累的還是氣的，她臉蛋紅通通的，這樣使性子的她著實可愛。

他上前想吻她，她轉開臉拚命躲，就是不給他親。

「想親我？行，告訴我就給你親，否則我抗爭到底！」

司徒青染頓住，一副為難的樣子。

「既如此，那我不親了。」

她聽了反而更氣，這死沒良心的居然寧可不親她也要隱瞞，她心中有說不出的失望，但下一刻，又聽他補了一句。

「我不親嘴，親這裡。」

他把臉埋入她胸口，含住她柔軟的粉紅蓓蕾。

桃曉燕尖叫，又氣又想笑，沒想到他也會賴皮，堂堂國師大人一旦賴皮起來，也很任性到底。

她扭動的身子反而把男人的慾火磨了出來，一發不可收拾。

女人的叫罵聲，最後成了嬌吟喘息。

行，她這回落了下風，沒套出他的話，沒關係，起碼知道自己在他的監視之下，她遲早會找到答案。

她閉上眼，享受魚水之歡。

這是她在古代的洞房呢，老公生得俊美，是個高富帥，她才不會傻得跟自己過不去呢。

隔日，桃曉燕賴皮不肯說的秘密關係人——皇后來了。

在她回國師府後，皇后日夜不寧，終於按捺不住，登門造訪，求見國師。

「知道了，好生招待，本座隨後就去。」

「是。」

前來通報的白衣弟子退下，去前院通報。

待白衣弟子走後，司徒青染回頭笑看桃曉燕。

桃曉燕一臉忿忿不平，知道瞞不住了。

真是失算，千防萬防，防不住女人的多話。

「皇后來訪，不知是為了何事？」他笑問。

哼，明知故問。

「你去見她不就知道了？」

他挑眉。「到了這時候，還不想告訴我？」

她哼了一聲。

他失笑搖頭。「妳在此處待著，我去去就來。」

目送司徒青染離去後，桃曉燕哼了哼。

其實也沒什麼不得了的大秘密，她給皇后的紙條上寫著：公主被妖怪附身。

一行字就把皇后驚得臉色發白，不過這種事也只有藉國師之名，皇后才會相信。

也怪她當時太急，只想脫身，忘了善後，當媽的聽到女兒被妖怪附身，肯定要找國師收妖。

桃曉燕暗罵自己真是笨，想想也罷，反正這個爛攤子，司徒青染肯定會幫她收拾好的。再想一想，能讓國師大人逼不得已幫她圓謊，承認公主確實被妖怪附身，也夠他嗆的。

想到此，她得意地笑著，想到司徒青染聽了皇后的求助後，肯定面上要裝一下，然後還得裝模作樣地去幫公主除妖……

哎呀，這樣不行，他回來肯定會找她算帳。

桃曉燕當然不會傻得等他回來算帳，因此決定趁他去見皇后時，坐馬車出府轉一轉。

她也想知道，她出府之後，他要如何監視她的行蹤？

他不告訴她，那她就自己查。

事不宜遲，她簡單地打理自己，在鏡前梳妝時，她的手頓了下。

鏡中的她，一頭長髮披散，臉蛋紅潤，眉眼間多了嫵媚，這是一張被雨水充分滋潤過的臉，連笑容都帶著滿足。

桃曉燕想到司徒青染對她的寵，忍不住搖頭，吐出兩個字。「禍水。」

她與司徒青染成就了好事，不知他要如何昭告天下？想了想，還是等他宣布後，她再梳婦人頭吧。

於是，她還是做姑娘打扮，心想沒有一個丫鬟伺候，梳個頭都不便，下次把自己的貼身丫鬟帶進府好了。

打理好自己，確定不會被人瞧出異樣，她便出屋去馬房。

她是府裡的大師姐，車夫不敢耽擱，很快為她備好馬車。

桃曉燕坐上馬車出了府，前往東郊大院。

這時一抹身影躍上車頂，玲瓏喬了個舒服的姿勢趴著，跟著馬車一同出府。

桃曉燕坐在馬車裡，四處打量車廂，自言自語道：「肯定有什麼法寶能監視一切，是什麼法寶呢？」

她東摸摸、西摸摸，現在看任何東西都懷疑有問題。

「不對，馬車又不能跟著我進殿，所以不可能在馬車上，若有法寶，也該裝在我身上才對呀。」

於是她又對自己東摸摸西摸摸，想摸出個所以然來。

「也不對啊，我身上的衣飾都是自己帶出來的，司徒青染並沒有送我什麼東西……」她頓住，接著想到什麼，咒罵道：「那個死沒良心的，把我吃夠夠，卻連個結婚戒指都沒給。」

玲瓏在車頂上動了動尾巴，陽光曬得暖呼呼的，牠打了個呵欠，伸了個懶腰。

老實說，牠被主人分派任務跟了那麼多人，就數桃曉燕最特別。

其他女人對主人只有讚賞和傾慕，就算主人不給好臉色，女人們也不敢有異議，一個字都捨不得說主人的壞。

唯獨桃曉燕敢罵主人，還罵得很貼切，卻得主人的喜愛。

人真是複雜的獸啊……牠不禁懷疑，自己真的需要修成人嗎？

玲瓏想了想，貓腦袋就這麼點大，修了三百年也只得一點靈性。

靈性是個好東西，讓牠可以思考，明白很多事理。

看在美食的分上，還是繼續修吧，因為修成人就可以用手剝香蕉、抓雞翅、拿酒杯，大魚大肉地吃個過癮。

而且，牠很好奇自己會修成什麼長相？

大家都說國師府的弟子，女的是美人，男的是俊公子，國師大人更是俊美無儔，桃曉燕也是個美人，但在玲瓏看來，這些人其實都長得一樣。

牠看人就像人看猴子，分不清美醜。

玲瓏享受著陽光曬在毛上的溫熱，牠舔了舔自己的毛，如果有一天修成人，牠唯一捨不得的大概是這一身軟毛吧。

玲瓏在車頂上幻想自己化身為人的那一天。而車廂內，桃曉燕罵罵咧咧的，忙著思考監視器在哪裡？

東郊大院在京城最東邊的山坡上，環境幽靜，可以登高望遠。當初她看上這一片土地，用便宜的價格買下，很多人都不明白她為何買下這片貧瘠的土地？

那時人們以土地肥沃程度能種出多少稻穀來衡量土地的價值，桃曉燕看上的卻是山坡地的風水。

她改良土質，種了各種花果樹，打造自己的西式花園和洋房，住在那兒緬懷現代的生活。

東郊大院代表著她的靈魂裡屬於現代的一部分。她在現代生活了三十二年，穿到大靖朝後才生活了八年而已，當然比不上對現代的思念。

山坡路並不陡，馬車很容易就上得去，可惜山路兩旁雜草叢生。這與土壤貧瘠有關，如果改良土質，種上兩排花樹，春天賞桃花，夏天看綠葉，秋天賞楓，冬天賞梅，可美極了。

桃曉燕計劃著，到時候看能不能弄到這條路權，只要她拿到路權，就不是什麼人可以隨意上來的，而她也可以按照她的喜好來改造這條路。

要讓皇帝同意很簡單，只要用司徒青染的名義就行了……嗯，就當做是結婚聘禮吧。

桃曉燕的商人細胞又開始發作，計算著仙人老公有多少價值可以任她壓榨？沒有結婚戒指沒關係，補上聘禮就行。

桃曉燕想得正歡，思忖間，馬車到了東郊大院，停在門口。

這裡沒有其他住戶，只有一間宅院，通常距離一百公尺前，喬氏兄妹就會等在門口迎接，但今天馬車都停在門口了，仍不見人影。

桃曉燕覺得奇怪，白衣弟子們也下了馬，等待她的指示。

桃曉燕下了車，站在門口觀望，又等了一會兒，依然無人打開大門，心想喬氏兄妹可能去城裡採買東西了。

她平時並不會限制兩人的行動，只要把東郊大院打理乾淨就行了。

她不以為意，便對一名白衣弟子道：「你跳牆進去，開門。」

白衣弟子們無語。

大師姐有令，那名白衣弟子只好照做，輕功躍上牆頭，翻牆進去。

「會輕功真方便，哪像我，什麼都不會。」她不禁感嘆。

所以說，國師到底為何收妳為內門弟子？眾白衣弟子們也感嘆，他們努力了那麼久都進不了內門，只能說，這都是命。

白衣弟子翻牆進去後，照道理大門也差不多要開了，等了半天卻沒有任何動靜。

桃曉燕擰眉，她盯著大門，終於發現不對勁。

「把門踢開。」她冷聲命令。

白衣弟子們也察覺到異樣，立即擋在桃曉燕前頭，其中一名白衣弟子上前，用力將大門踹開。

大門開了，但裡頭沒人。

有一名資歷較深的白衣弟子負責桃曉燕的安危，他對其他人吩咐。

「擺陣，護著大師姐，我進去瞧瞧。」說完便進去了。

白衣弟子圍成一個圓，將桃曉燕護在中間，拔出腰上的劍，擺出陣法。

桃曉燕也收起了玩笑的心思，但此時她還不覺得有什麼危險，畢竟能當上白衣弟子都不是吃素的，況且這裡還是京城，天子腳下，誰敢造反？

應該是盜賊或公主派來的人吧？她猜。

第二名白衣弟子進去後，遲遲沒有回音，連個示警都沒有，眾白衣弟子全都變了臉色。

「不妙，大師姐，咱們快撤！」

桃曉燕也不耽擱，立即轉身跳上馬車，她尚未坐穩，便突然感覺到馬車晃動，讓她跌在坐墊上，耳聞車廂外狂風大作。

這什麼情況？她心驚，不過晃動很快停住，外頭變得安靜，沒有刀劍聲，也無人聲。

桃曉燕心口直跳，直覺不對勁，情況太詭異了。

她沒等到任何白衣弟子的聲音，馬車也沒動，彷彿這裡就只有她一人。

她打開車窗，看向外頭，卻見白衣弟子們全倒在地上，她怔了一會兒，最後扯了扯嘴角。

碰上高人了，她想。白衣弟子都對付不了的人，她也逃不了，既然逃不了，那就大方接受吧。

她倒要看看是哪位高人出手，竟然不費吹灰之力就讓白衣弟子全部倒地。

她打開車門跳下車，看了看倒地的白衣弟子，見他們身上無傷，看起來像是睡著了。

大門是開著的，她望向裡面，想了想，抬腳走向大門。

一踏進大門就見到兩名倒地的白衣弟子，身上同樣無傷，她蹲下身，伸手探向他們的鼻息。

還有呼吸！還活著！但也像是睡著似的。

看來這位神秘客不是仙人，就是妖怪了。

她目前見過會仙術的人只有司徒青染和吳衡，吳衡沒道理這樣明目張膽的抓她，若要抓她也不會讓人知道，所以不可能是吳衡。

那會是誰呢？

她邁開腳步走向屋子，推開門，發現喬氏兄妹倒在地上，同樣也像睡著似的。

她上前探了探兩人的鼻息，鬆了口氣，還活著就好。

她才站起身，一道身影便出現，立在她前頭。

桃曉燕怔住，直直盯著眼前的人。

銀髮紅眸，一襲黑衣，臉色青白……是妖魔。

這是除了司徒青染以外，她見到的第二位銀髮紅眸……俊美的長相、冰冷的眼神，是司徒青染的鄉親無誤。

對方也在打量她，發現這名女子態度鎮定，目光無懼，不畏不避，也同樣在審視他。

男人勾起邪魅的笑，突然五指成爪伸向她。

速度太快，桃曉燕根本來不及反應，一道身影閃過，彈開男人伸來的魔爪。

「喵嗚！」玲瓏擋在身前，對男子嗷叫。

銀髮男子瞧見玲瓏，似是感到意外。

桃曉燕見到玲瓏，十分驚喜，她知道玲瓏是來保護她的。

男人與貓，四目對峙，看似互瞪，但其實他們正以桃曉燕聽不到的聲音，互傳訊息。

「她是主人的媳婦。」

「什麼？他娶妻了？」

「是的。」

「何時？」

「昨日。」

「她是何族？」

「人族。」

「他娶凡人為妻？」

「是的。」

「非我族類，不予承認！」

「他們簽了血契。」

「什……這怎麼可能！」

「是真的，血契已成，如果她死，主人也會重傷活不了。」

「混帳東西！太亂來了！」

桃曉燕不知道他們在講話，只瞧見那銀髮男變了臉色，似乎很生氣，而玲瓏一直盯著他。

突然，銀髮男抬起頭，看向門外，瞇細了眼，冷笑道：「哼，他來了。」

誰來了？

桃曉燕好奇地轉頭看向門外，但下一刻，她的身子已經被拎起來。

「告訴他，想要人，來見我！」

銀髮男抓起桃曉燕破瓦而出，疾速離去。

玲瓏沒追，牠只是站在地上，仰望著上頭，屋頂被掀了，破了個大洞……

玲瓏了解桃曉燕，她肯定會為此大發雷霆。

在男人走後，不過幾息的工夫，司徒青染已經閃身而來。

他臉色鐵青，一雙黑眸如火。

「喵嗚～～」主人。

「她在哪裡？」

「被抓走了。」

司徒青染緊握拳頭，恨自己慢了一步。

「他可知曉？」

「知，所以沒傷她，只帶走她。」

「混帳東西，太亂來了！」

那人也是這樣罵的，但玲瓏聰明的沒說。

「他還說了什麼？」

「想要人，去見他。」

司徒青染怒極，洶湧的氣場讓衣襬和黑髮都在飄動，原本就被捅破的屋頂禁不起風吹，屋瓦嘩啦嘩啦地飛掉了，小洞變成了大洞。

玲瓏心想，不愧是父子，兩人幹的事都一樣，桃曉燕肯定更抓狂了。

司徒青染努力瞞著，不敢大肆舉辦婚宴，就是不想讓他的女人曝光。幸好，他用了血契，可保她性命。

司徒青染丟下命令。

「告訴慕兒，本座即日閉關，誰都不見！」說完也飛上天，帶起的旋風將整個屋頂都掀翻了。

「……」玲瓏看著天空，覺得桃曉燕如果回來看到這慘狀，肯定會報復的。

不要小看凡人啊。

# 第二十七章

桃曉燕很不舒服，原因是「暈機」。

銀髮男拎著她在天上飛——用拎的，像拎著一袋垃圾似的。

落地時，不是帶著她降落，而是把她甩出去。

她不知自己在空中翻了幾圈才落地，只知道落地時已經暈頭轉向，是誰接住她，又是誰把她帶進屋子的，她全都不知道。

暈眩感持續了大約一刻鐘，她才漸漸恢復過來，看清自己所處的環境。

她被關在一間牢籠裡，四周是鐵桿，而鐵桿外有一堆妖怪盯著她。

有的只有一隻眼，有的有許多手，有的眼睛大如珠，有的只有一顆頭，沒有手腳，卻有觸角。

總之長得奇奇怪怪，全部圍在她四周，而她感覺自己像是進了動物園似的，是被他們盯著看的動物。

很好，她進黑牢時遇到的妖怪不多，卻在黑牢外遇見了大批的妖怪。

黑牢裡，風景如畫，這裡卻又黑又暗，她被關在鐵籠裡，此處才像是名副其實的黑牢。

妖怪圍著她，有的對她吼叫，有的對她嘲笑，有的甚至朝她張開血盆大口，想嚇死她。

桃曉燕只是安靜地坐著打量四周的妖怪。

一開始她確實驚了下，但很快她就發現，自己被關在鐵籠裡，那些妖怪除了嚇她，卻沒有一個試圖進籠子裡傷害她，他們甚至連伸手進來都沒有。

「女人，妳很快就會成為咱們的食物。」一名妖怪說，其他妖怪也跟著起鬨。

「我要她的血。」

「心臟是我的。」

「給我雙腿就行了，嘎嘎嘎！」

桃曉燕注意到說要吃她的那隻妖怪，尾巴很長，尾端還有夾子，就像蠍子的尾巴，只要他把尾巴伸進來就能夾住她，但他威脅了老半天，卻只是站在牢籠外叫囂。

「想吃我？行啊，你有種進來吃啊！」桃曉燕故意挑釁。

蠍子妖在聽了她的挑釁後卻只是大吼大叫，根本不進去。

果然有點怪。

桃曉燕直覺自己暫時是安全的，又或者，有人命令他們不准傷害她，只能嚇一嚇她。

既然沒有性命之憂，她怕什麼？

原本剛進來時還緊繃著，現在知道他們只是嚇唬她，她立刻放鬆不少，開始活動筋骨，整理儀容。

那個銀髮男抓著她在空中飛了一陣子，把她的頭髮都吹亂了。

整理好儀容，她閒著沒事，反正關在牢裡，哪兒也去不得，不如睡個覺好了。

於是她就在妖怪的大吼怪叫中，側躺在地，一手枕著頭，喬個舒服的姿勢，閉眼睡覺，絲毫不理會那些妖怪。

過了一會兒，四周突然安靜下來。

桃曉燕睜開眼，就見牢籠四周的妖怪都不見了。她坐起身，左右張望，正疑惑時，突然有人喚她。

「燕燕。」

……是司徒青染的聲音，他果然找來了！

桃曉燕心喜，立即站起身。

「燕燕，妳在哪裡？」

「我在這裡。」她趕緊回覆。

桃曉燕不怕妖怪，但她還能如此鎮定的主要原因是知道司徒青染一定會來找她，而他果然來了，只不過沒想到他會來得這麼快，畢竟在她看來，那銀髮男也不是那麼好對付的。

四周一片漆黑，沒有一絲光線，司徒青染的出現，帶來了一絲明亮。

「燕燕？」司徒青染從黑霧中走出，出現在牢籠前，見到她，他笑了。「總算找到妳了。」

桃曉燕也鬆了口氣，她來到牢籠前，抓住鐵桿。

這鐵桿又粗又硬，看似很難撼動。

「能打開嗎？」她面露憂心。

司徒青染笑道：「這個難不倒我。」大手一揮，牢籠突然消失了，在她驚訝的眼神中，他牽起她的手。「跟我走吧。」

桃曉燕被拉著走，同時問他。「抓我來的那位銀髮紅眸的男人是誰？」

「咱們先不談這個，出去再說。」

他手掌的力道有些大，腳步也快，她被拉著走，不知踩到了什麼，腳步趔趄了下。

幸虧她反應快，很快站穩才不至於跌倒，而他走在前頭，發現她快跌倒時，牽著她的大掌僅稍微抬高了下，然後繼續往前，腳步沒有絲毫停留。

桃曉燕望著他的背影，語帶抱怨。

「我腳疼。」

「忍著點，先離開這個地方。」

「可是每次我腳疼時，你都會揹我。」

男人頓住，想了想，便背對她蹲下。

「上來吧。」

桃曉燕趴上他的背，男人撐起她的身子，站起來繼續走。

桃曉燕在他耳邊說：「老公，我好害怕。」

「放心，有我在，不用怕。」

「那個抓我的人好粗魯，從空中把我甩下來，差點沒摔死我。」

「妳沒事就好，咱們先回家。」

桃曉燕在後頭冷笑，但她的聲音依然溫柔，做小鳥依人狀。

「染染，你可有受傷？」

「我沒事，妳呢？可有受傷？」

「我也沒事，不過，你很快會有事。」一把小刀抵住他的脖子，她冷冷威脅。「你不是司徒青染。」

男人頓住，感覺到脖子上的冰涼。

「燕燕，別鬧。」

「叫那個銀髮男出來，否則我這把刀就劃下去。你們的法術對我無用，所以你也別妄想能躲開。」

男人沈默了，但桃曉燕知道他在害怕，因為她能感覺到他的身子突然緊繃。

「呵，不錯，居然能識破。」黑暗中，銀髮男再度出現，他帶著邪笑，對手下命令。「行了，恢復原身。」

假司徒青染聽到王的命令，身體立即起了變化。

他的身高疾速縮小，原本站立的身體成了橫向發展，一顆頭也迅速改變形狀，一頭黑髮縮回去，露出禿頭，肌膚的顏色也變得粗糙而深。

他的背出現硬殼，上頭還有紋路，然後他的頭不見了，縮進了殼內。

他是一隻烏龜。

桃曉燕坐在烏龜殼上，沈默不語。

她手上唯一的武器是一把小刀，在人家把頭縮進龜殼裡後，她想威脅對方也威脅不了。

烏龜妖顯然打算龜縮不出，幸虧桃曉燕經歷過黑牢的歷練才沒有大驚小怪。

她盯著烏龜殼，沈默之後，突然用小刀在龜殼上劃了幾下。

銀髮男好奇。「妳在做什麼？」

「反正來都來了，我打算做個紀念，在上頭刻我的名字。」

身下的龜殼抖了下。

銀髮男愣住，接著呵了一聲。

「行了，你下去吧。」

王的命令一出，烏龜妖彷彿得到救贖，他猛然一個翻身，把桃曉燕甩了下來，接著伸出頭和腳，用最快的速度奔逃。

桃曉燕坐在地上，一時看傻了眼。

她這一生從沒看過跑得這麼快的烏龜，跟隻豹一樣，她真是長見識了。

「妳如何得知他是假的？」

桃曉燕抬頭，銀髮男居高臨下地看著她，一副饒有興味的模樣。

她站起來，拍拍屁股。

「態度。」她將刀子收進刀鞘裡，繫回腰上，然後看向他。「女人對自己的丈夫都有一定的了解，外表可以模仿，但是行為和態度模仿不來，只要測試一下，就很容易露出馬腳。」

她才不告訴對方細節呢，免得下次對方改進，又來騙她怎麼辦？

但若不給個理由，對方肯定不悅。人在屋簷下，不得不低頭，所以她就編了一個聽起來很有力的說詞。

事實上，當她說腳疼，假司徒青染還繼續拉著她走時，她就起疑了。

她從不叫司徒青染「老公」，也不叫他「染染」，她都是連名帶姓的直呼。可對方不管聽到什麼都沒有太大的反應，她就知道是假的。

銀髮男聽完並沒有再細問，只是冷哼一聲轉過身。

「跟我來。」

桃曉燕抿抿嘴，邁步跟上。

這高傲的態度跟某人還真像，想當初她剛遇到某人時，也是這樣對待她。

不愧是同族的人，依她猜，這人八成是某人的兄弟或親戚。

銀髮男身上有一層青光，因此在黑暗中特別顯眼，她跟著他走，也不至於迷路。

沒多久，前方出現一個鏡面，銀髮男直接走進去，身子沒入了鏡面。

桃曉燕頓了下，立即跟上。

鏡面的一頭是黑暗的，到了另一頭，則是明亮的大廳。

桃曉燕回頭看了一眼，背面什麼都沒有，只是一面牆而已。

「杵在那裡做什麼？跟上。」銀髮男冷聲命令。

桃曉燕只好又跟上。

一路上，她打量四周，除了銀髮男，沒有再見到其他妖怪，而這裡的建築，跟一般的富戶人家沒兩樣。

經過狹長的走道後，銀髮男停在另一道門前。

門自動打開，他走進門內，桃曉燕自然趕緊跟上。

一進門，她就愣住了。

滿室的金銀財寶，耀眼得發光。

這些金銀財寶像博物館陳列的藝術品一樣，讓人可以走在其中，一件一件地參觀。

桃曉燕曾經去過世界各地，也有許多富豪朋友，她見過珍稀古董，也見過滿庫黃金。

她那些富豪朋友中大多都有蒐集癖，其中一人還買下了一座島，蓋了私人機場，島上專門收藏從世界各地收集來的藝術品或值錢的古董，還邀請她參觀過。

然而那些收藏再多，都比不上一個地方——梵蒂岡的聖彼得大教堂，那兒是藝術寶藏的殿堂。

銀髮男帶她進來的這間藏寶室，就是這種感覺。

走道看不見盡頭，金碧輝煌的天頂足足有十幾層樓高，寬度有足球場那麼大。

你能想到的金銀財寶種類，這裡全都有。

目眩神迷已經無法形容她眼前的畫面，說這裡是財寶的博物館也不為過。

男人的聲音在耳邊響起，如夢似幻，似遠似近。

「妳可以選擇妳想要的，要多少有多少，作為交換，妳必須離開司徒青染。」

桃曉燕轉頭，銀髮男就站在她身邊，與她並肩看著滿室的財寶。

他轉過頭來，目光與她對視，嘴角勾著笑。

「只要妳願意，這些都可以給妳。」

桃曉燕目光閃了閃。

「條件是離開他？」

「妳是被他抓來的，當初也不是心甘情願的吧？我們魔族人都很霸道，想要什麼就去搶，不會去管對方的意願，聽說妳是個商人，商人最重利，所以我願意與妳做利益交換。

「只要妳主動離開他，這些財寶任妳挑，但我耐性有限，只給妳一次選擇的機會，妳若放棄便沒了。」

桃曉燕一臉欣喜，頗為心動，但隨即又皺眉，面露擔憂。「可是……就算我願意離開他，他肯放過我？」

「這個妳放心，包在我身上，有我在，他不想放也得放。我會為妳安排另一個地方，讓他永遠也找不到妳，妳可以高枕無憂地過著妳想要的日子。」

桃曉燕一臉狐疑。「可是他很厲害，你打得過他？」

銀髮男嗤笑。「他再厲害，也厲害不過我。」

她露出驚訝，上下打量他。「你說真的？可別騙我，你真打得過他？」

「當然，我既然敢許諾於妳，就一定做得到。雖然我是魔族，但魔族人同樣受諾言制約，不能反悔，妳若不放心，我可以與妳立誓。」

他微微傾身，英俊魅惑的臉龐移近，紅眸像一對紅寶石般璀璨閃耀，幾乎迷了她的眼。

「只要妳說願意。」

男人低沈的嗓音很迷人，開出的條件也很吸引人，令她一臉心動，咧開笑容，對他說出自己的回答。

「我不願意。」

銀髮男的笑容僵住，臉色沈了下來。

「妳說什麼？」

「我說——我、不、願、意。」

當她三歲小孩好騙喔？桃曉燕是商人沒錯，重利也沒錯，但是那是做生意。

在商言商，他們現在談的是她的男人，不是生意。

銀髮男顯然無法理解，不可思議地質問她。

「為何不願？妳不是受迫的嗎？我現在給妳機會離開他，妳為何不要？世上男人多的是，如果妳要男人，我可以給妳數不清的美男子，絕對不比他差，任妳挑選，讓妳帶著男人和財寶離開，如何？」

桃曉燕連想都不用想，直接拒絕。

「不要。」

「為什麼？」

銀髮男不死心，他實在不相信。

桃曉燕收起笑容，雙臂交橫在胸前，一臉正色地告訴他。

「因為我們談的不是生意，而是我的丈夫，丈夫是不能買賣的。所謂伴侶，是要在一起過一輩子的，互相扶持，互相照顧，不是商品，不是買賣。

「我既然嫁給他就會守諾，就算要分開也是我和他的事，其他人湊合什麼？

「如果要離婚，叫他自己來跟我談，不管我和他好與不好，都不關他人的事，你算哪根蔥，來干涉我們夫妻的事？」

銀髮男愣住，並未因她言語冒犯而憤怒，反倒一臉稀奇。

「妳對他都這樣講話？」

「當然，夫妻夫妻……什麼叫夫妻？就是要一起白頭偕老的人，是這輩子最親密的人，每天湊在一起吃喝拉撒過日子，醜的、不堪的、苦的、難受的都會被彼此看到，兩人不只有福同享，還得有難同當，這就是夫妻的意義。

「我桃曉燕找丈夫可不是找好玩的，他娶了我，就得對我負責，而我嫁給他，就會不離不棄地跟著他。

「他是魔、是仙、是窮、是富，我都會接受。況且他娶我之後，對我很好，他不找女人，也不花心，雖然霸道了點，但他有男子氣概啊！我桃曉燕最愛有男子氣概的人了，況且他對我一心一意，現在這年頭要男人一心一意可難找了，找著了，我真金不換！」

這些話，她說得臉不紅氣不喘，其實來自現代的她，覺得婚姻一點也不可靠。

離婚率超高的現代，婚姻已經成了遙不可及的夢，人們把婚姻當遊戲，一個不高興，說離就離。有財力的人，離婚得更快，沒離婚的大多是時機未到，迫不得已，只得忍著。

現代人講求自我，能自己一個人快樂生活，何必忍受另一個室友？所以白頭偕老成了神話。

許多夫妻在網路世界大秀恩愛，享受他人的羨慕，其中演戲的成分有多少，只有他們自己最清楚。

桃曉燕是個務實的人，她對婚姻看得很清楚，不是她經驗豐富，而是她是集團接班人，家族從小就灌輸他們這樣的觀念。

人性禁不起考驗，愛情是調劑，婚姻是現實，把條件看清楚了，知道自己在這場婚姻裡能得到什麼，才需要結這個婚。

如果不是穿越到古代，桃曉燕會跟同等條件的男人企業聯姻。

但她不能這麼說，因為這些人不會懂。試想，時光背景差那麼多，她若說了實話，不被這些妖魔、仙人捻死才怪。

她想到自己莫名其妙被這個銀髮男抓來，還跟她談條件，用滿屋的財寶誘惑她，分明居心不良。

有句話這麼說：不要錢的最貴，天下沒有白吃的午餐。

銀髮男頂著一頭銀髮，還有一雙兔子的紅眼睛，分明昭告他人自己與司徒青染關係匪淺。

家人瞧不上她，用錢打發她，這是有錢人的做法，她太熟悉了，她自己就拿錢打發過親戚。

她要是真拿錢，連她都瞧不起自己的愚蠢。

挖陷阱給她跳？門兒都沒有！

銀髮男顯然很驚訝，接著似乎有些懊惱。

懊惱？她覺得這時候，他應該有兩種反應，一是欣賞，二是暴怒才對。

在她心中起疑時，身後一雙手突然抱住她。

熟悉的懷抱……熟悉的聲音……熟悉的氣息……

「老婆。」司徒青染的嗓音，在她耳邊輕柔地低喚。

媽的！桃曉燕嚇出一身冷汗。

她就知道有鬼，不用找監視器，男人親自來了，她剛才說的話，他肯定一字不漏的全聽了進去。

男人真是沒一個好東西！尤其是銀髮兔子眼的男人，又騙她！

她回過身，望向司徒青染，一臉驚喜，激動的抱緊他。

「老公！」

真是好險！

她把臉埋進他的胸膛，不讓他瞧見自己的表情。

所以說，吃一塹，長一智，她在司徒青染這裡吃的虧可多了！

這一回，她學聰明了。

# 第二十八章

人有人性。

仙人或妖魔也一樣，司徒青染是半仙半魔，因此他骨子裡有一些魔性。

銀髮男莫名其妙把她擄去，她就留了個心眼，兩人對話時，她提高了警覺。

她懷疑，這次劫人事件是不是又是個局？

其實這一次，她還真是誤會司徒青染了。

當知曉她被擄走時，司徒青染真的抓狂了，她與他簽了血契，他便將她完全納入心裡，成為自己的一部分。

誰動她，就是碰了他的逆鱗，包括他爹——眼前這位魔王，離之淵。

司徒青染半魔的血緣便是傳承自離之淵，半仙的血緣則傳承他的娘親。

當桃曉燕得知離之淵是他爹時，臉上的表情十分玩味。她只猜到他們或許是親戚、是兄弟，但沒想到是父子。

「你爹幾歲了？」她問。

司徒青染沒料她突然有此一問，頓了下才回答。「五百零六歲。」

「你們的壽命有多久？」

「六百多歲。」

桃曉燕掐指算了算，如果以人類壽命八十歲來計算，換算成人的歲數，離之淵相當於……

「所以他相當於七十歲的老頭子？」

「……」為什麼會突然討論起年齡？

「妳說誰是老頭子？」

司徒青染猛然伸手將她擁入懷中，冷冷地看著離之淵。

他這護犢的姿態令離之淵很不悅，先說這兒子沒有照他的命令去娶魔女為妻，或是娶妖女為妾也行，再不然去娶個仙女也可以，偏偏他誰也不娶，娶了個什麼都不會的凡人女子。

離之淵對這個兒子向來頭疼，這兒子自幼就叛逆，總是違背他的命令而行，而他娶的這個凡人女子竟敢對他大不敬，說他是老頭子？

桃曉燕從他懷裡抬頭看向離之淵，她直直盯著他，嘖嘖稱奇。

「您看起來一點也不老呢。」

離之淵哼了一聲。「修行者，功力在身，能生肌復血，豈會有老態？妳連這個都不知，果然是無知凡人。」

桃曉燕笑笑。「沒關係，我老公是仙人就好。」

司徒青染聽了低頭，垂眸看她，黑眸閃過璀璨，眼中有笑意。

她抬頭看他，與他對望，相視而笑。

離之淵冷笑。「不管仙人或妖魔，因為修行能活百年，常保青春相貌。不像凡人，不到半百便現老相，到時候，妳老公還是個俊公子，而妳已是個七老八十的老太婆了。」

桃曉燕面色一僵，顯現受傷之色，眼眶一紅，把臉埋入司徒青染的胸膛裡，顯然被這句話傷到了。

美人最怕遲暮，越美的花朵，凋謝得越快，不管在哪個時代，都是一種悲涼。

司徒青染見她受傷，埋在他胸前哭了，立即抱緊她，臉色一沈，瞪向離之淵。

「臭老頭，她是老是醜皆是我妻，與你何干？不准侮辱她。」

離之淵瞪大眼，兒子居然罵他臭老頭？

桃曉燕抬起頭問他。「真的嗎？以後我變成了頭髮花白的老太婆，牙齒都掉了，皮膚都皺了，你還要我嗎？」

「要。」司徒青染毫不猶豫地回她。「我娶妳與皮相無關。」

她立即點頭。「我知道，你愛的是我體內的靈魂，是吧？」

他深深地看進她的眼，笑了。「是的。」

桃曉燕再度埋入他懷裡，用臉磨蹭他的胸口，真乖。接著她側臉朝離之淵看去，對他做了一個挑釁的鬼臉。

離之淵眼睛瞪得更大了，這凡人女子，好大的膽子！

桃曉燕才不怕他呢。哼，要知道，惹火她的人都沒一個有好下場，凡人之力雖薄弱，但凡人之怒不可擋。

羞辱她？輕賤她？威脅她？切！她又不是被嚇大的，這分明就是一齣家長看不上媳婦的連續劇，所以撒錢給她，叫她拿錢滾。

她不拿錢就羞辱她、威脅她，要她知難而退。

呵，做家長的就是如此，問題明明出在他兒子身上，他不搞定兒子，卻來搞她。搞清楚，纏著她的是他兒子！

桃曉燕才不怕變老變醜呢！她又不是靠臉吃飯的，更何況她家有田產，身家富裕，是個大富婆。

如果司徒青染對她好，她也會對他好的，夫妻這種事，本來就是互相的。

若是將來緣分盡了，司徒青染不要她或另結新歡，她也會瀟灑的放手，不會賴著他。

她看得很清楚，司徒青染雖然難以捉摸，但他是個大方的人，就算兩人分手，看在往日情分上，他也會護她一生平安，因為這男人就算不要她了，他的驕傲也不容許別人欺辱自己的前妻。

桃曉燕習慣把所有利弊得失全想清楚，接受了便一路走下去。

她是獨立自主的女強人，從沒想過要靠男人，她習慣靠自己去掌握所有狀況。

這就是她的底氣，她才不管「家長」離之淵喜不喜歡她呢，跟她結婚的是司徒青染，她只需搞定司徒青染就行了。

司徒青染將她護在身後，對離之淵道：「你已經看過她了，也對她測試過了，現在你滿足了吧，若無事，我要帶她走。」

離之淵冷然道：「她是通過測試了，但還未正式入我家門，必須舉行儀式。」

司徒青染冷聲道：「不需要。」

「若不舉行儀式，我不會承認她，若本王不承認，她就不被魔族認可，而你該知道，她不被魔族認可的後果。」

司徒青染看著他，離之淵也回視他。

這對父子間瀰漫濃濃的敵意，連桃曉燕這個凡人都嗅出來了。

她好奇地來回看著兩人。

「這件事，咱們需要好好談談。」司徒青染沈聲道。

「行，你們多住幾天，我讓人給你們備新房。」

「不必，我們就住以前那間屋子。」說完，他摟住桃曉燕，直接走人。

桃曉燕感覺到司徒青染的緊繃，他雖然嘴上不說，但他渾身冒著火氣，好似一點火就會炸開。

她跟著他走，回頭看了一眼，就見離之淵還在原地，沈沈地望著他們。

適才，她那個魔王公公說了一句話，讓她挺介意。

「老公。」

「先別問，到我的院子再說。」

桃曉燕便聰明地不再開口，這裡畢竟不是司徒青染的地盤，而他的緊繃，讓她意識到事情沒有那麼簡單。

司徒青染帶她到了一間院子，才剛踏入院門，便有一群女子朝他福身。

「拜見染少主。」

桃曉燕挑眉。

怪怪，這排排站的女子個個都是絕頂大美人，氣質各不相同。

司徒青染冰冷地吐了一字。「滾。」

眾女頓住，妳看我、我看妳，其中一人妖媚地開口。「王有令，要我們服侍染少主。」

司徒青染也不囉嗦，伸手翻掌，一把青火在掌中燃燒，往前甩去，青火化為青龍，吞噬眾女。

「是仙火！」

「救命啊——」

「少主饒命啊——」

眾女四散奔逃，被仙火燒得嬌豔柔媚全沒了，只剩下雞飛狗跳，逃得一個都不剩，也不知是死是活。

「走吧。」他摟著她的肩，繼續往前。

「……」她瞠目結舌。

桃曉燕發現，這男人對其他女人一樣很狠，只要惹他不快，不管對方美醜，他照樣手下不留情。

不，說不定，他根本沒把那些美女當作一回事。

美女在前，送上門來，他連廢話都懶得說，一把火燒得美人們毫無形象。

司徒青染發現她的目光，低頭看她，冷聲命令。「不必在意她們，財寶和美人是那個傢伙用來蠱惑人的伎倆。」

他稱呼他爹為「那個傢伙」。

「你不怕惹怒他？」

司徒青染冷嘲。「是他該害怕惹怒我。」

真驕傲，不過……她喜歡！

她第一次覺得這個男人很帥，老實說，她真的很驚訝，但驚訝過後，有一種說不出的引以為傲。

自家男人不受美人誘惑，趕人時完全沒有憐香惜玉，桃曉燕作為元配，不得不承認，她的虛榮心被大大的滿足了。

「就像他把我關起來，讓妖魔圍在四周嚇我，發現對我沒用，就改用財寶誘惑我，是嗎？」

「是。」

「這也是他對我的測試？」

「是。」

難怪司徒青染剛才說他已經測試過她了。

她不解。「既然我已經通過測試，他還有什麼不滿的？」

「因為血契。」

「血契？」

「我對妳發過誓，立下血契，遵守一夫一妻制。」

她聽了怔住，接著恍悟。

古代皆為一夫多妻制，適才那些美人說是來服侍他的……

她明白了。「他要你納妾？」

「我不會納妾，我的女人只會有妳一個。」他沒有討好，也不是解釋，並非因為怕她誤會才說這些話，他只是陳述事實罷了。

這樣的他又帥又酷，超級有男子氣概。

桃曉燕第一次對他冒出心心眼，覺得他可以信任。原本她對他存著芥蒂，畢竟在他身上，她吃過不止一次的虧。

即便後來他心悅於她，說會對她好，她表面接受，心裡還是難以完全相信。

當濃情密意時，什麼甜言蜜語都說得出口，像不要錢似的，說得容易，做出來難，她很明白這一點。

直到此刻，他為了她，反抗他爹，拒絕其他美人，她才真的相信，他是真的把她當妻子保護著。

桃曉燕重新認真打量起這個男人。

直到此刻，她終於將他當一個丈夫看待，而不是炮友……

她低下頭，偷偷地笑了。

司徒青染不知她的心情轉變，以及走這一段路的過程中，她的思緒就轉了好幾圈。

將她帶進屋後，他對她叮囑。

「這裡是我以前住的院子，沒有別人，妳先在屋裡隨意看看，不要出院子就行。」

「你去哪裡？」桃曉燕好奇地問。

「去設結界，免得跑來一些討厭的人。」

他的語氣好像在說：去噴殺蟲劑，免得跑進一些討厭的蟑螂、螞蟻。

她突然發現有潔癖之人還是有優點的。

司徒青染臨走前想到什麼，又回頭叮囑她。

「咱們先待幾日，放心，不會太久，我會解決的。」丟下這句話後便轉身離開。

桃曉燕望著他的背影，心想這男人的語氣簡直太酷了。

司徒青染對她說他會解決，當時桃曉燕以為他是想辦法去說服他爹，承認她這個媳婦。

其實桃曉燕根本不在乎別人的想法，只要司徒青染認同她、對她好，她就滿足了，別人的想法與她何干？

不過，每個時代有每個時代的價值觀，她不會強迫他人去接受她那個世界的觀念。

司徒青染是個有主見的男人，他想說服他爹，自然有他的道理，桃曉燕不會自作聰明地去阻止他。

只不過，司徒青染這一去就去了十天，回來時帶了一身血，把桃曉燕驚得差點靈魂出竅，她才恍然大悟，原來他所謂的解決方法，就是去找離之淵幹架。

桃曉燕心疼了。

見她一臉氣急，司徒青染只是淡然開口。「沒事。」

「血流這麼多叫沒事？」

她很想大罵，因為她怕他有事，但她忍住了。

誰知司徒青染嗤著冷笑，陰惻惻地回答她。「這點血算什麼？妳該看看那傢伙的慘樣。」

桃曉燕被勾起了好奇心，她確實想知道離之淵有多慘。因此她仗著自己不受妖術影響的外掛，事後抓了個小妖來問。

「您說魔王啊？呵，您不知道，當時兩人打得驚天動地，宮殿都差點塌了，染少主多年未回，這一回來，功力大增啊！魔王被他砍斷一隻手臂，得閉關養傷，讓手臂長回來。」

桃曉燕聽得驚訝，兒子把老子打得連手都斷了，這簡直是前所未聞。

小妖對這種事卻覺得理所當然，知道她是凡人，不了解魔族的事，因此熱心地為她解說魔族的歷史習俗。

「魔族以武力為上呀！誰的拳頭厲害誰說話！當年咱們魔王也是打敗了其他兄弟才當上魔王的，前魔王老了，知道打不過兒子，談好條件，便退位給他，魔族必須強者當家才能統治妖魔，不然誰服他？」

桃曉燕聽得詫異，但隨即就明白了。

沒錯，強者才能當接班人，這其實與她的成長背景也很相像。

想當初，她也是跟其他同父異母的兄弟姊妹爭得你死我活，才搶到企業的繼承權。

桃曉燕明白物競天擇的道理，既然打聽了，就乾脆一次問個清楚。

她想知道司徒青染所有的事，也想知道他的成長過程。

「染少主是魔王第十三個兒子。

「魔王有很多妃子，幾個？數不清呢。

「染少主本來叫離青染，後來他離開魔宮，跟了他師父，便隨他師父的姓，改名叫司徒青染。

「染少主是魔王在外面跟女人生的，至於是哪個女人，至今成謎，只知道是仙界的女子。

「染少主他娘是被魔王強迫的，否則仙界的女人怎麼可能跟魔界的人在一起？染少主因為他娘不是魔族人，從小就被取笑。

「他娘？聽說自裁了，被魔族男人欺辱，仙女受不了，想不開就自己了斷了。

「大概就是因為如此，所以染少主不被其他少主接受，染少主也因此討厭魔王，兩人打架的次數已經數不清了，染少主每回都是全身浴血地被抬回去。

「染少主這次回來把魔王的手砍斷了，簡直震驚魔界！我跟您打包票，這事很快會傳遍各界！」

小妖說得口沫橫飛，桃曉燕也聽得很過癮，畢竟哪個做妻子的不希望自己的老公有出息？

桃曉燕也能感覺到，司徒青染這一架打得漂亮，連帶讓這些崇尚武力的妖魔們對她的態度也客氣起來，所以她一打聽，小妖就知無不言，言無不盡。

說穿了，她是因夫得貴。

小妖諂媚地笑道：「恭喜少夫人，以後沒人敢不承認您了。」

桃曉燕奇怪地問：「承認我很重要嗎？」

小妖用著誇張的表情和語氣對她強調。「當然重要，如果少夫人不被承認，以後魔界人人都可以欺辱您，說句不客氣的，就算殺了您也可以。」

桃曉燕大驚，整個人傻了，突然恍悟了什麼。

「原來是這樣……」

難怪當離之淵說若不舉行儀式，他不會承認她，若他不承認，她就不被魔族認可，而她不被魔族認可的後果，可能是死。

妖魔啊……不是開玩笑的。

小妖見她愣怔，安慰道：「少夫人現在不用擔心了，染少主砍掉魔王一條手臂，您的地位保住了，以後您就是咱們的十三少主夫人。」

桃曉燕明白了，原來所謂的儀式不是什麼結婚典禮，而是武力爭勝負。

司徒青染說他會解決，就是要打贏父親離之淵。

他為了她，即便全身浴血，也要砍掉他爹一條手臂。

# 第二十九章

司徒青染答應過她住個幾天就走，他果然實踐諾言，在他砍了他爹一條手臂後，隔了兩日，他就帶她離開，回到國師府。

桃曉燕沐浴過後，坐在鏡子前，對著鏡子梳著一頭柔軟的青絲。

她望著鏡中的自己沈思。

鏡中的少女只有十六歲，肌膚充滿了膠原蛋白，正值青春貌美的年紀。

司徒青染進屋時，瞧見的便是她坐在鏡子前發呆的模樣。

「發什麼呆？」

她從鏡子裡瞧他，男人站在她背後，一雙黑眸盯著她。

她看著他，不答反問。「你能活多久？」

他挑眉。「怎麼突然問這個？」

桃曉燕以前不在乎跟他的未來，所以也不會想這些事，但是從魔族那兒回來後，她變得開始在乎了。

有些事，她不得不去想，她與他，有著種族和歲月的鴻溝。
當她七老八十了，他正值盛年。
當她進墳墓後，他還有一段很長的歲月要度過。
如果她走了，他會傷心嗎？會感到孤獨嗎？
桃曉燕不是個容易心軟的人，但她對他產生了心軟的感覺，還有點心疼、有點悲哀。
司徒青染怔住，繼而擰眉，走上前一把圈住她的腰，將她摟入懷裡。
「怎麼了？」
他瞧見她眼中的悲傷，這女人很少會露出這種表情，打從他遇見她，她就一直沒心沒肺的，從沒見她軟弱過。
他以為是有人欺負她，臉色沈了下來。
「誰惹妳傷心了？」意思就是，誰惹她傷心，那個人就要倒大楣了。
「你。」她說。
他愣住。「我？」
「是啊，我突然覺得你好可憐，我最多活到八十歲，待我走了，你以後就是一個人了。」

「……」所以說，她是用看鰥夫的眼神在可憐他？

真不明白，這女人的腦袋在想什麼？

「生死有命，想這麼多做什麼？」

「我也不想去想啊，但我突然捨不得你嘛。」雙手圈住他的頸子，她把臉埋在他的頸窩裡。

「你答應我，如果以後我走了，你一定要想開點，不要自己一個人孤獨過一生，一定要再找個女人陪你，知道嗎？」

她是個豁達又大方的女人，只要是她喜歡的人，她一定希望對方也跟自己一樣過得好，不要委屈自己。

人生很長，要對自己好一點，尤其像他們這種可以活五、六百年的，更要懂得Happy過日子。

也就是說，雖然她是他第一個女人，但她並不希望自己是他最後一個女人，千萬不要傻傻的為她守寡，會守出精神病來的。

司徒青染彎起唇角。

難得她也會捨不得他，他以為她真的沒心沒肺呢。

「放心吧，我們會一直在一起的。」

當司徒青染說出這句話時，她只當他是在安慰她，並未多想，直到多年後，記不清是多少年了，她才恍然大悟，原來他說的是真的。

桃曉燕還處在心疼他的情緒中，因此當他伸手抱她上床、意圖濃烈時，她全力配合他。

他想要多少，她都給他。

直到她精疲力盡，眼皮再也睜不開時，他才終於放過她。

照例，司徒青染抱她去浴房，將她從頭到腳洗淨，換上乾淨的襯衣，再抱她回床上。

他凝視她一會兒，為她蓋好被子，才走出寢房。

「玲瓏。」

「喵～～」貓兒閃身出來，在他腳邊磨蹭了下。

「我會閉關七日，這七日妳代替我隨時守在她身邊，不可離開她。」

「主人受傷了嗎？我聞到了血味。」

司徒青染摸著胸口。「我受了內傷。」

他沒告訴桃曉燕，雖然他斬斷離之淵一條手臂，但自己也受了內傷。只是當時為了不讓離之淵發現，他必須強忍著裝作無事，並騙過所有人，讓眾人以為他打贏了。

唯有如此，他才能護住她，他們才能安然離開。

為了瞞過離之淵，他又故意待了兩日才離開，否則以離之淵多疑的性子，必會看出他的破綻。

他帶桃曉燕回國師府後，像平日那樣過日子，該做什麼就做什麼，只為了防止離之淵暗中監視。

雖然他設了結界和陣法，但是並不能防止離之淵進來。

他與她耳鬢廝磨、享受魚水之歡，看似一切都很正常，其實他連她也瞞著，只有這樣她才不會發現他的傷，露出擔心的神色。

一旦她擔憂他，離之淵就會察覺異狀，那麼一切都會前功盡棄。

適才，她對他露出同情之色時，他還以為被她瞧出了什麼，幸好她沒發現，才讓他鬆了口氣。

他與她盡情歡愛，直到她沈睡，抱著她去洗浴時，他用身子擋住自己的女人，同時警覺著四周的狀況。

在自己抱她回房，雙雙躺在床上後，那種似有若無、被人暗中監視的窺視感終於消失了。

看來，他成功騙過離之淵了。

事不宜遲，他必須立即閉關治傷，否則再耽擱下去，內傷只會更嚴重，想瞞也瞞不了。

「妳是我的靈寵，能分享我的法力，妳化身成我，陪在她身邊，不會被那人發現，唯有如此，才能瞞過那人。」

「屬下遵命。」

交代完，司徒青染便咬破食指，將血往玲瓏額上一點，玲瓏立即改變形體，從一隻貓兒化身成一個男人。

一模一樣的司徒青染有兩個，就像照鏡子一樣，相貌絲毫不差。

真國師對假國師叮囑。「記住，守住七日，七日後，我便回來。」

待司徒青染離開後，玲瓏轉身進了寢房。

桃曉燕睡得很香，完全不知道她的男人悄悄離開了。

玲瓏爬上床，牠最喜歡睡覺了，尤其是跟桃曉燕睡覺。

牠本想窩進桃曉燕懷裡，但想起自己現在是男人，身子太大，沒辦法窩到女人懷裡，只好勉為其難的躺在女人身邊。

玲瓏一躺下，桃曉燕立刻翻身抱住他，把臉埋進他胸口。

「你去哪裡了？」她呢喃問道。

玲瓏看著她，見她仍閉著眼，便回答。「去屋頂看星星。」

桃曉燕彎唇笑了笑，仍是閉著眼，抱著他蹭了下。

好累啊，她實在太睏了。

「下次不可以偷跑，要看星星就帶我去……」

「好。」玲瓏點頭，也抱住她。

這一抱，牠發現女人又軟又香，抱起來真舒服。

牠要化身成主人司徒青染的樣子，必須要有主人的一滴血才行，以往牠是隻貓，窩在桃曉燕腿上時，只覺得這個「枕頭」很舒服，沒想到現在化身成人，抱著女人更加舒服。

難怪主人喜歡抱女人，捨不得分開。

牠眼睛亮閃閃地期待著，待將來有一天自己可以真正修成人時，也會像桃曉燕一樣，又軟又香。

桃曉燕現在看司徒青染真是看哪裡都順眼，以往在他那裡受的委屈和吃的虧，本來像是烙印一般印在她心頭，但自從他寧可與魔王為敵，也要護她平安時，她突然覺得過去那些不平和怨都可以不計較了。

既然決定要和司徒青染好好過日子，那麼她就要好好整理一下「新房」。她把這個想法告訴司徒青染，便是要徵得他的同意。

「好。」司徒青染沒有猶豫，直接點頭。

桃曉燕意外地看著他。

就她所知，有潔癖的人是不喜歡他人隨意改動私人東西的，而她若要改動，可是要動不少東西呢。像是衣櫥、櫃子、桌椅等大型家具，她全都要改造成讓人使用起來感到舒適的樣子。

玲瓏道：「我相信妳的眼光，妳若覺得好就去做，我支持妳。」

桃曉燕眨了眨眼，沒想到他這麼好說話，她還以為說服他要費些功夫呢。

這男人對一個人不好的時候，冷心無情，令人咬牙切齒。當他想對一個人好時，卻又實心實意，寵愛如蜜。

桃曉燕心生歡喜，主動投入他懷抱，雙手圈住他的頸子，將他的臉拉下來，在臉頰上親一個。

桃曉燕笑咪咪地道：「你說的啊，答應了就別後悔，房間怎麼改變、家具怎麼換，都由我作主喔。」

當玲瓏還是隻貓時常被她摟著親，所以牠只當這個親吻是善意的表示，為了回應，牠也會親回去。

玲瓏伸出舌頭，在她臉上舔了下。

桃曉燕呆住，睜大眼盯著他，見他笑咪咪地看她，心想都說男人婚前婚後不一樣，這廝結了婚之後，不但性子變好，還會撒嬌呢，真令人意外。

有了他的首肯，桃曉燕就敢大膽放手去做。

她吩咐人備好馬車後，司徒青染說要陪她去。

有他陪著，當然好了。

馬車上，司徒青染提醒她道：「別忘記幫玲瓏做張床，跟妳家裡那張一樣。」

當初玲瓏跟著她回香閨時，桃曉燕就為了牠準備了貓咪專用的床，玲瓏一睡就愛上了。

雖然慕兒對牠也很好，但是慕兒只吃辟穀丹，不會準備美味的零食。

雖然慕兒也會為牠順毛，但不會像桃曉燕那樣用專門的梳子幫牠按摩。

桃曉燕還會為牠準備各式各樣的物品，有專門的指甲剪、掏耳棒，還有磨爪板。

總之跟桃曉燕在一起，她會為牠準備專用的用品，把牠當一個人看，這便是玲瓏喜愛她的原因。

牠不知道，以前桃曉燕在現代養過寵物，她不過是把現代養寵物的一整套物品搬過來，讓人打造給玲瓏使用。

桃曉燕沒想到，原來司徒青染也喜歡讓玲瓏睡床，笑著點頭。「好，我會讓人做一張更大更好的，不僅有屋頂，還附磨爪板，包准牠睡得愉快。」

玲瓏睜圓了眼睛，瞳孔放大，目光晶亮，一把抱住她，用臉去磨蹭她的臉。

「燕燕，妳真好。」

「……」哇靠！她怎麼從來都不知道，這男人私下這麼愛撒嬌，還用奶音在她耳邊說話，可愛得太犯罪了，讓她心軟得一塌糊塗。

兩人在馬車裡恩恩愛愛，當馬車經過街市，玲瓏敏銳的鼻子嗅到了香味。

「燕燕，我要狗不理包子。」

桃曉燕驚訝。「咦？你不是不吃人的食物嗎？」

仙人不食人間煙火，司徒青染頂多陪她喝個茶、吃個小點，但他對食物沒興趣，現在他主動提出來，令她感到不可思議。

玲瓏目光閃了閃，編了一個理由。「不是我要吃，是買給玲瓏的。」

桃曉燕恍悟地笑了。「放心，你不說，我也會記得的。」

玲瓏樂了，又習慣性地在她臉上舔一下。

桃曉燕覺得癢，被他的撒嬌逗得咯咯笑。

兩人坐在馬車上，一路上買了許多吃食，只要司徒青染說買給玲瓏，桃曉燕就買，其樂融融，好不快活。

桃曉燕一有事忙，企業總裁的那股幹勁就出來了，只要她出門，司徒青染沒有說不的，還會陪她去。

玲瓏心想，畢竟主人有交代，不管桃曉燕去哪裡，牠都要隨侍在側，但主人沒說牠不可以買吃食，因此牠就當主人不反對，每回出門一次，回來一定收獲可觀。

在司徒青染陪了她三天後，桃曉燕忍不住奇怪地問：「你不忙嗎？」

玲瓏也奇怪地問：「忙什麼？」

牠是一隻靈寵，平時除了吃睡就是到處找人討摸，主人平時也不管牠，只有需要時才派任務給牠。而主人閉關前交代給牠的任務，就是陪在桃曉燕身邊保護她，至於其他，牠需要忙什麼？

桃曉燕更覺得奇怪了。

「以前三天兩頭瞧不見你，白衣弟子都說國師大人很忙，別人想求見都求不到一面呢，連皇上和皇后求見前，都得派人來通知一聲。」

「別人見我，我若不喜就不見，妳要見我，我一定見。」玲瓏想了想，補了一句。

「再忙也見。」

何況牠根本不忙，倒是忙著陪她逛街、採買物品，樂此不疲。

既然他說不忙，桃曉燕就心安了，不然她還擔心會不會耽誤他正事呢。

今日她打算去東郊大院。

她回來後，跟司徒青染你儂我儂了幾天，像度蜜月似的，都還沒去東郊大院瞧一瞧。

想到上回被離之淵抓走時，屋頂都被捅破了，加上她十分掛念喬氏兄妹，就算知道他們沒事，還是得去看一下才放心。

玲瓏聽聞，目光閃了閃，對她道：「我突然想起有事，今日就不陪妳去了，不過妳放心，我讓玲瓏陪著妳。」

桃曉燕也不以為意，他這幾日一直陪著她，她還覺得奇怪，他說有事，這才正常，遂笑道：「行，你自去忙。」

玲瓏送她上了馬車後，便轉身回屋，過了一會兒，一隻貓兒從屋裡跑出來，跳上馬車。

「喵嗚～～」我來了！

玲瓏自來熟地窩在桃曉燕腿上，喬了個舒服的姿勢後，躺在她懷裡。

這姿勢是要桃曉燕摸肚皮了，桃曉燕笑逐顏開，寵愛地摸摸貓兒的肚皮，吩咐車夫。

「去東郊大院。」

馬車啟程，駛出國師府，白衣弟子們護衛在側。

如今桃曉燕的心態已與往日不同，她看著車窗外，忍不住感嘆。
這世間的事變化無常，誰會想得到，她居然嫁人了。
她曾經想過，在這個男權至上、女權低下的朝代，嫁人太吃虧了，她不想嫁，只打算找個好掌控的男人入贅，繼續過她逍遙當家的日子。
再不然，她乾脆不嫁，全力衝刺事業也行。
誰想得到，她不但嫁了，還嫁給仙人，喔不，是半魔半仙。
想到司徒青染，連她自己都不知道，自己嘴上掛了甜蜜的笑。只不過，當她到了東郊大院，瞧見一片狼藉後，她的笑容消失了。
四個字——慘不忍睹。
桃曉燕下了馬車，站在只剩半邊牆，連大門都沒有的門口前，望著眼前這一片廢墟發怔。
玲瓏待在她腳邊，抬頭看著她。
玲瓏早就知道，桃曉燕目睹這慘樣肯定會生氣。
瞧，她雖然不說話，但玲瓏可以感覺到她氣血上升，心跳加快，整個人周遭散發出一股無形的怒火。

喬氏兄妹聽到動靜趕緊跑出來，見到大小姐，兩人皆很驚喜。

「大小姐，您總算回來了！」

桃曉燕看向他們，喬氏兄妹兩人看似無事，但面色都有些憔悴，看來一直餐風露宿，守在這裡等她回來。

桃曉燕面色平靜，對兩人道：「辛苦你們了，這裡不能住了，我先安排你們去桃家衣鋪暫住。」她說的便是量身訂做的衣鋪。

喬氏兄妹欣喜，朝大小姐拱手福身。

「我們兄妹倆一律聽從大小姐的安排。」

桃曉燕吩咐一名白衣弟子讓出一匹馬給兄妹倆，讓他們自去衣鋪報到。

待他們走後，桃曉燕又在東郊大院待了一會兒。

看著滿目瘡痍，她那些辛苦製作的現代家具，以及量身打造的各種精品，全都成了廢墟。

她突然呵了一聲，轉身命令。「回府。」

白衣弟子們彼此看了一眼，都知道大師姐生氣了，更何況是玲瓏？

玲瓏上了馬車後，窩在一旁，小心翼翼地盯著桃曉燕。

她知道桃曉燕表面上看起來很平靜，實際上心底波濤洶湧。

忽然，桃曉燕笑出聲，自言自語地說：「難怪他臨時說有事，不陪我來東郊大院，因為他早就知道東郊大院變成什麼樣了，呵呵呵……」

這是怒極的冷笑。

玲瓏分得清這種笑容，因為牠在主人臉上瞧見過。有時主人怒極時就會露出這種冷笑，十分懾人。

桃曉燕又道：「咱們回去找妳的主人，問問他，這筆帳該怎麼算？那些家具都是獨一無二的，外頭買不到呢，花了我好多年的心血才建立起來的。」

玲瓏暗自慶幸，算牠反應快，變回貓是對的，不然現在牠就要代替主人承受桃曉燕的怒火，吃力不討好啊！

玲瓏決定接下來這幾日都要保持貓身，等到主人出關為止。

回程路上，桃曉燕始終一臉怒容。

多年心血化為廢墟，她都要內傷了！

這都是那個離之淵幹的好事，但她當然不會傻得去找魔王，她要找也是找司徒青染，跟他告狀，然後賠錢！

她想好了，就以拿下那條路權當作賠償吧，正好她缺一個理由，而司徒青染那個魔王老爹給了她一個正當的理由。

有了路權，她就能把附近的地全部購買下來，開發那一大片土地，做一個完整的規劃。

桃曉燕的商人腦袋裡浮現的是現代土地重劃區的計劃。土地如何分配、哪裡建花園、哪裡修樓建閣……都在她腦子裡慢慢成形。

她還可以利用風車原理，將山泉水引到屋子裡，再弄出水管或水龍頭，還要蓋一個可以沖水的馬桶……

她想得正歡，對未來建設有了新的期待，因此對於東郊大院成了廢墟一事，氣消了不少。

玲瓏搖著尾巴，感覺到桃曉燕的心情似乎不如適才那般激動了，因為桃曉燕又開始順牠的毛摸，動作溫柔不少呢。

玲瓏翻了個身，十分享受。

一人一貓在馬車裡各思其事，殊不知危險將至。

黑影籠罩，將馬車圍在中間，堵住了前後的路。

玲瓏率先翻起，全身炸毛，桃曉燕也驚了下。

「玲瓏，怎麼了？」

玲瓏衝出馬車，將四方射來的利劍擋下，接著搖身一變，變成一隻猛虎，朝天際嗷嘯，有如雷鳴。

桃曉燕呆住，因為車廂內突然出現一人。

離之淵不知何時來的，此時正坐在她的對面，對她邪邪一笑。

「異世之魂，本不該出現在此，本王給妳一個回去異世的機會，這是最後的考驗，若是他能把妳帶回來，本王就承認妳這個媳婦。」話落，一把劍朝她胸口刺去。

桃曉燕只感到心臟驟縮，她低頭，瞧見利劍穿胸。

時間似乎停止了，她的神經也麻痺了。

她還在幻想著美好的未來，計劃著全新的家庭生活，以及未來的事業版圖，這一切都才剛開始，怎麼就結束了？

彷彿是一場夢，老天又給她開了一個大玩笑。

她在現代，死時才三十二歲。

來到古代，十六歲就香消玉殞了。

桃曉燕意識消失前，只來得及罵出兩個字。

「馬的……」

# 第三十章

「洛洛……洛洛，快醒醒，施洛洛……」

誰？誰叫施洛洛？她叫桃曉燕……她叫……不對，她本名其實叫施洛洛。

她出生在二十一世紀的現代。

她每天忙著開會，員工上千人、主管上百人，全都得聽她指揮。

她是年輕的女總裁，富豪排名在前五十名內，她擁有私人飛機、一座私人度假小島。

她記得她坐上私人直升機才起飛不久，直升機就出了狀況。

她花了那麼多錢保養直升機，請來的機師是最優秀的，錢真是白花了。

在飛機墜地時，她罵了一聲。

「馬的，老娘還沒活夠呢，我不要死啊！」

然後，她就穿到古代去了，成了八歲的桃曉燕。

她睜開雙眼，眼前影像朦朧，四周十分吵雜，還有人不停叫著她的名字。

施洛洛……

她已經許久沒聽到這個名字了。

是夢吧？真懷念。

她懷念現代的一切，冬天有暖氣，夏天有冷氣，窗簾和電燈還會自動感光，根據光線的強弱自動調整明亮。

玻璃窗外是青山綠水，不遠處就是私人高爾夫球場，她假日會約幾名球友打十八洞，累了就直接去溫水SPA，有專門的按摩師為她做經絡推拿。

參加晚宴時，有專門的設計師為她打造妝容、禮服，讓她一出場便豔光四射。

她很滿意，也很懷念這樣的日子。

穿到古代，等於是把她從現代丟到遠古時代一樣，讓她無法適應。

當視線逐漸清晰時，她看到了幾張熟面孔。

「施總裁，我是妳的律師，妳認得嗎？」

「洛洛，我是媽媽呀，妳終於醒了！」

「施洛洛，我是妳的主治醫師，妳現在覺得如何？看得到嗎？」

施洛洛大小姐——施總裁，她的意識逐漸清明，瞪大眼看著大家，眨了眨眼，又眨了眨眼。

現代的房間、現代的醫療設備、現代的髮型和穿著……

她穿回現代了?!

「洛洛，我是爸爸，妳認得嗎?」

爹、娘……不，是爸爸、媽媽，同樣一張臉，但不再是古代的穿著打扮了。

施洛洛有一時的愣怔，然後她漸漸睜大不可思議的眼。

她坐了起來。

四周一片安靜，眾人全部盯著她瞧，她也看著所有驚喜並熟悉的面孔，開口的第一句話卻是——

「我回來了?」

眾人驚喜。

「是的，洛洛，妳回來了。」

「總裁，妳回來了。」

「施小姐，妳回來了。」

從鬼門關回來了。

施洛洛——這久違的名字把她拉回現實，她終於覺得這不是夢，她是真的回來了。

她眼一閉，又躺下去，令眾人又驚得大呼小叫，人仰馬翻，好不熱鬧。

施洛洛只是感到有些虛脫，聽著四周的吵雜聲，口音、用詞，全是現代的用語。

她回來了，真的……回來了。

施洛洛回到現代已經一個月了。

這一個月來，除了前三天做醫療儀器檢查，確定並無大礙後，她只休養了兩天，就恢復忙碌的工作。

根據主治醫師和護理師說，她只昏迷了五天。

施洛洛自家就擁有一間醫院，她住在最頂樓的專用病房，有專門的醫療器材供她使用，除了醫生外，還有專屬護理師負責照顧她。

據說在她昏迷的五天中，心臟曾一度停止了五秒，接著便恢復心跳。

她穿越到了古代，活了八個年頭，沒想到在現代，她只躺在病床上昏迷五天？

在古代的一切彷彿是夢一般，但她知道那是真實的，畢竟她在另一個時空，從八歲小女孩長到了十六歲的姑娘。

她沒有時間去想，因為她的身分地位，讓她一回來就有許多公司事務要處理。股票、股東、董事……都等著她的消息。

在她出事後，公司為了穩定軍心，對外宣稱她只是受了點傷，正在做治療。可是股東和董事沒見到人，謠言甚囂塵上，公司便會人心浮動，造成股價波動。

幸好，她只昏迷五日就醒來了，她的律師和團隊人員趕緊拍了一段影片公告大眾，這才穩住那些董事和民心。

施洛洛很快投入到公事，聽財報、看合約、開會……被耽誤的公事急需處理。忙碌讓她無心去想太多，她也儘量不去想古代經歷的一切，反正說出來也沒有人相信。

回到現代，代表她找回了現代的生活，找回她曾經日思夜想的一切，科技、手機、網路，以及一切便利。

但是回到現代，也代表她失去了古代的一切。有些人，今生今世再也無法相見。

所以她不敢去想，只能讓自己忙碌，藉由忙碌給自己洗腦——這是她曾經作夢也想回來的世界，她是現代人，習慣現代的科技生活，這裡才是她的家。

她真正的家人在這裡，朋友在這裡，事業在這裡，豪宅資產在這裡。

現在擁有的一切是她努力付出多年才得到的，她該歡喜才是。

古代只是一個人生的經歷罷了，就當自己出國念書八年，畢業後，總要回到自己的國家。

是的，就是這樣，事情已成定局，她不願浪費時間去想那些無法改變的事實。

她是施洛洛，不是桃曉燕。

她回到頂級上流圈的社交生活，商會、酒會、晚宴……她風光無限，受人吹捧，並認為這才是她要的生活。

「聽說了嗎？許彥把王巧玲甩了。」

「咦？真的？」

「記者告訴我的，他們說許彥搭上了比他小七歲的名模，這新聞明晚就會爆出來。」

「呵，王巧玲活該！許彥那種人敢公然違反合約，就代表這人沒信用，光靠女人上位，現在她嘗到被利用的滋味了吧，哈哈哈！」

這些上流千金和公子都是施洛洛的人脈，他們聚在五光十色的酒店，一起飲酒作樂。

當初他們就覺得王巧玲太不講道義，幫著許彥違反合約，挖洛洛的牆角，有失水準，現在報應來了吧！

有人朝施洛洛舉杯。「洛洛，恭喜啊，老天有眼，王巧玲現在笑不出來了！」

另一人道：「許彥和王巧玲鬧翻了，他現在沒有王家的庇護，咱們可以搞他。我認識李導演，可以請他幫忙，在演藝界宣布封殺他，洛洛，如何？」

眾人全看向施洛洛，她應該是他們這群人當中最討厭許彥和王巧玲的，相信她一定會點頭。

施洛洛捧著紅酒杯，目光盯著紅色的液體，狀似沈思，不知在想什麼，聽到有人叫她，她抬起頭，一臉疑惑。

「嗯？你們說什麼？」

眾人詫異，他們談了老半天，洛洛居然在發呆，一個字都沒聽進去。

於是其中一人又重複了一遍，本以為洛洛會舉雙手贊成，她卻只是沒什麼興致的回了一句。

「喔？分手了？這樣啊。」

就這樣？

這平淡的反應，好似他們跟她無關似的，他們還記得當時洛洛可氣炸了，揚言與王巧玲勢不兩立，現在卻一副事不關己的模樣，怎麼差那麼多？

他們不知道，施洛洛曾經拿刀砍過妖魔，曾經瀕臨死亡兩次，靈魂曾跑到貓的身體裡，也住過皇宮、與皇上相談甚歡，也曾與皇后對峙。

她還揍過公主，甚至連魔王都跟她吵過架。

她看過妖魔，見識了仙術和妖術，在空中飛過，也騎過狼。

在經歷這麼多事情後，王巧玲和許彥這兩人算什麼？在她的人生中，不過是微不足道的過客罷了。

有些你曾經在乎過的人，只有在經過大風大浪後，才知道那人根本不值得花時間去在乎。

而有些人，你以為不必在乎，卻在失去後，才知道原來他已經烙印在心裡。

越想遺忘他，越是想起他；越想不在乎他，越是發現他刻骨銘心。

兩行珠淚滑下她的臉龐，一顆一顆落在紅酒杯裡。

明明八竿子打不著，可紅色的酒液卻讓她聯想起他一雙紅眸。他是半仙，也是半魔，這世界再也找不到像他那樣的人。

眾人愣住，一個個瞪大了眼。

在他們的圈子裡，施洛洛是出了名的女強人，她比男人還堅強，就算許彥背叛她，也沒見她哭過。她只會罵人，揚言君子報仇，十年不晚，總有一天她會找回場子。

可是現在，她卻哭了。

不會吧？那個許彥何德何能，居然叫她牽腸掛肚，還把她惹哭了？

「哎呀，洛洛別哭，既然妳不願意，我就不找李導封殺他了。」

「是呀，洛洛別哭，如果妳真的想要他，弄些手段，肯定讓他回來求妳。」

「咱們不知道妳還愛他，知道就不說了。」

施洛洛抬起淚眸，泣道：「不，一定要找李導封殺他，讓他把欠我的錢全數吐出來。」

啊？

「如果他想回來求我，放話出去，我不見他。」

啊？

「我一點都不愛他。」

那妳哭什麼？

眾人懵了。

施洛洛懶得解釋，也不想解釋，因為說出去根本沒人相信，在另一個世界裡，有一個叫做司徒青染的國師大人，他很寵她，也很愛她，愛到為了她，他願意立下血契，發誓遵守一夫一妻制，一輩子只要她一個女人。

也不知道為什麼，她一想到司徒青染就想哭。

她明明這麼想回現代，想找回現代的一切，現在願望實現了，她應該高興才對。

她想，她只是不捨吧，過些時日就好了，就像當初穿越到古代時，她的打擊也很大，但她適應力強，過些日子就習慣了。

她把眼淚一抹，拿起酒杯。

「我是哭他可憐，抱錯大腿，哭他把自己的福氣給搞沒了，敬他死路一條，乾杯！」

眾人聽完，哈哈大笑，齊齊舉杯喝采，乾杯慶祝。

施洛洛告訴自己，過了今晚，她會擦乾淚水，努力將他遺忘。

做人必須向前看，她再也回不去了，再繼續想他，她會心碎。

太痛了，她受不起。

司徒青染，我愛你，但我要忘記你，不然我怕自己太過傷心，活不下去。

要忘記一個人，最快的方式除了忙碌，便是找另一個人來填補回憶。

三個月後，施洛洛接受家族的建議企業聯姻，對象是雲飛集團的大公子——雲凌。

說起這位雲凌，他是雲飛集團大房所出，留美企管博士，今年三十二歲，與施洛洛同年，一直待在美國負責美國的公司管理，執掌副總經理一職。

這人不管是學歷、家庭背景都與她相配。

兩人若是結為夫妻，等於強強聯姻，對彼此的集團都有利。

其實施洛洛還有其他人選，但聽說這些人選當中，只有雲凌長得最好看，她便決定了。

「就他吧。」她連照片都沒看就選了他。

她不想看照片，現在拍出來的照片都會騙人，可以用相機功能隱藏人的缺點。

施洛洛喜歡務實，不喜歡作假，既然要看就要看本人。

照片拍得再英俊，還不如見本人一面，親自驗明正身來得實際。因此這一天，兩邊的秘書聯繫後，便敲定了見面的時間和地點。

到了約會這天，施洛洛盛裝打扮，來到四季大酒店頂樓的法國餐廳。這間餐廳可以俯瞰整座城市的夜景。

施洛洛穿了件黑色小禮服，上頭鑲了施華洛士奇水晶碎鑽，讓她看起來彷彿將夜空中的星辰披在身上。而她將一頭長髮束高，戴了一對珍珠耳環，露出線條優美的頸項。

這樣的打扮有種神秘的優雅，柔和了她平日女強人的形象。

施洛洛手上拿著晚宴包，踩著高跟鞋，踏進了法國餐廳，在服務生的帶領下，走向預約好的座位。

男方已經到了，比女方早了五分鐘，以示對她的重視。

施洛洛的到來，讓男方起身迎接，微笑對她招呼。

「施小姐，妳好，我是雲凌，久仰。」

施洛洛見到雲凌時，不禁愣住，直直看著他。

男方生得確實英俊，身材也很挺拔高大，而那張臉，她卻一點也不陌生，因為她見過……在古代。

喬仲。

喬仲走過來，喔，不是，雲凌走過來，為她拉開椅子，請她坐下。

施洛洛入座後，目光依然盯著他，直到他回到位子上，坐在她對面。

他大方讓她看，不因她的目光太直接而覺得尷尬，反倒對她微笑，目光與她對上，打趣地問：「施小姐，對我的長相還滿意嗎？」

兩方都知道這是企業聯姻，兩方的秘書都聯絡過，他也先看過她的照片了，既然願意赴約，那必是對彼此的相貌滿意。

接下來，就是吃飯談一談，看看彼此性格合不合，只要雙方有共識，對於婚後有什麼該守的規矩，把條件談好就成，若能情投意合那就更好了。

雲凌對女方是很滿意的，她是他喜歡的型，而見她目不轉睛地盯著自己，他相信對方也對他很滿意。

「施……」

「噗……」施洛洛忍不住摀住嘴，很想笑。

雲凌一愣，他看看自己，又瞧瞧她，禮貌地問：「我臉上有什麼嗎？」

「對不起，我去一下洗手間。」施洛洛站起身快步離去，雖然穿著高跟鞋，但幾乎是用跑的。

「……」雲凌目送她狂奔的背影，心想她是真的尿急，還是尿遁？施洛洛進了女廁後，在裡頭放聲大笑。沒辦法，聯姻對象長了一張與喬仲一模一樣的臉，實在太搞笑。

在古代，喬仲是個好哥哥，護著妹妹一路走到京城，成了她的家僕後，對她忠心耿耿，即便她不在，屋子垮了，他也依然守著東郊大院等她回來。

忠犬型的男人。

「行了，就他了！」

她在廁所下了決定，反正她也不打算談戀愛，就是找個可靠的對象罷了。雲凌和喬仲的個性應該很像，只要對她忠心就行。

她做了個深呼吸，斂下笑容，檢查自己的儀容，確定OK後，便走回位子。

「對不起，久等了。」她笑咪咪地說。

雲凌看過照片，已經知道她長得美，現在見到本人如此率性，想衝廁所就衝廁所，一點也不做作，對她的印象就更好了。

「不會，幸好妳還會回來，我以為我的長相把妳嚇跑了。」

喲，挺幽默的嘛！不像喬仲面對她時，總是一板一眼的。

「我倒是很訝異，雲先生居然沒有被我的粗魯給嚇跑呢。」

兩人開啟了話匣子，彼此幽默一番，很快就抓住了氣氛，一下子輕鬆不少。

彼此的年齡都不小了，都是成熟的大人，又都有一番見識，很快找到共同的話題。

吃完這頓飯後，雲凌開門見山地問了。

「不知施小姐對我可滿意？」他這是率先表態，他對她很有好感，想進一步交往。

施洛洛喜歡他的直率，畢竟她也不喜歡拐彎抹角，心意已決，就他了。

她正要開口說出她的決定時，突然感到胸口一陣緊縮，她張開嘴，卻吐不出一個字，一口氣吸不上來。

雲凌還在期待她的答覆，見她臉色突然蒼白，他也意識到不對勁。

「施小姐？」

施洛洛冷汗直流，感到全身虛脫，眼前的人影在搖晃，雲凌的臉也開始模糊。

她不知道自己怎麼了？只覺得好似快被黑暗吞沒了。

她撫著胸口倒了下去。

雲凌衝過來抱住她，四周人聲吵雜，可是她已經看不到了，只覺得眼前一片黑暗，好似有一股力量在拉扯她。

最後，她感覺自己的身子變輕了，整個人飄了起來。她瞧見雲凌在幫她做心肺復甦術，而她正閉著眼躺在地上，一動也不動。

……她又要死了嗎？

不會吧！

可是她的人在飄，沒有一個人看見她，她也喊不出聲音來，只能任由那股力量將她捲入黑暗中，吞噬她最後一絲意識……

當施洛洛再度睜開眼睛時，見到的是一雙幽深如海的黑眸。

男人的相貌清冷俊美，是她在夢中努力想要描繪的線條。

對她來說，他是過去式了才對，她一直努力想忘記他，為何這張臉又出現在夢中，不停讓她思念他？

她想要好好過生活，不想困在回憶裡。她是企業總裁，手下有上千員工，她要養活很多家庭，所以她沒有時間沈淪。

她閉上眼，低低的說：「別再打擾我了，我很忙的，沒有時間去想你……」

「桃曉燕，醒來！」

她倏地睜眼，瞪著眼前吼她的男人。

男人驚喜。「徒兒，妳總算醒來了。」

她直直瞪著他，過了一會兒才吐出四個字。「司徒青染？」

「是我。」他摟著她。「徒兒，為師總算把妳救回來了。」

她呆了呆。

她又回到古代了？

她正要享用米其林美食，才打算好好在現代過生活，她把自己的心和生活都安頓好了，正要邁向新的人生時，她竟然又回來了？

等等，他說救？

「你……救我回來？」

「是呀，大師姐，國師大人動用仙力，將仙氣輸進妳的體內，護住妳的心脈，又服下回神丹，才把妳從鬼門關救回來呢。」

說話的人是慕兒。

桃曉燕看過去，這才發現慕兒也在，而慕兒一臉憔悴，似乎幾夜沒睡。

她解釋道：「國師大人為了救妳，必須將仙氣注入妳體內，這段期間必須全神貫注，不能受人打擾，因此需要有人為他護法，為了妳，我可是三天三夜沒睡覺了。」

司徒青染對慕兒道：「辛苦妳了，妳如此忠心，為師甚感欣慰，給妳一瓶仙丹作為獎勵，助妳修練，這是妳這次為我護持的報償。」

慕兒聽到一瓶仙丹，而不是一顆，驚喜交加，整個人精神都來了，恍若打了雞血似的，精神大振！

「謝謝國師！」

「妳下去休息吧。」

「是！」

慕兒高興地退下了，走路時都是雀躍的。

在她退下後，司徒青染才改了口。

「老婆，妳總算沒事了，幸好為夫趕得及時，否則再慢一步，便抓不住妳的神魂了。」

施洛洛……不，桃曉燕，她又做回桃曉燕了。在她決定塵封這個名字，回歸施洛洛的身分，當她的企業總裁，繼續享受現代的科技生活時，他居然把她拉回來了。

她就覺得奇怪，這次她又沒受傷，也沒生病，更沒出意外，為何會穿越回來？

原來都是他，司徒青染，因為他，她又回來適應古代的生活。

這表示，她將與現代生活絕緣，再也享受不到現代科技帶來的便利，冬天沒有暖氣，夏天沒有冷氣，上廁所沒有馬桶，她的豪宅、私人飛機、上億的資產……全沒了？

「老婆？」

司徒青染盯著她，發現她不說話，只是怔怔地看著他，人好似傻了。

「妳的魂魄沒全部回來？」他臉色沈重下來，喃喃自語。「人有三魂七魄，難道召妳回來時，漏了一魂一魄？」

他看著她，抿了抿唇，接著似是看開了什麼，將她摟緊，用臉輕輕磨蹭她。

「沒關係，妳醒了就好，少了一魂一魄沒關係，我會幫妳找回來的。」

一雙手突然抓住他的臉，將他的俊臉往左右兩邊扯開。

馬的！誰叫你召我回來的，老娘日子過得正爽，出門有車有司機，豪宅裡有僕人有管家，三餐做飯的是五星級大廚，衣櫥裡是上萬的名牌貨，我的更衣室、游泳池、私人飛機、度假小島、遊艇、高爾夫球場……這些全、沒、啦！

「……」司徒青染盯著她，心想剛甦醒的妻子應該欣喜才對，但她的表情怎麼看起來好像很生氣，還用手拉扯他的臉……看來不只少一魂，是兩魂都少了。

「燕燕……」

「哇——」桃曉燕大哭，她用力拉著他的臉，發現手真的會疼，這不是作夢，她真的又回來了。

司徒青染慌了。「燕燕，怎麼了？哪兒疼？」

「我心疼！」她用力打他，還氣得咬他，因為他，她必須又要重新接受現實了，她再也回不了現代。

「我恨你！」她嘴上罵他，但她的手卻緊緊圈住他的頸子，把臉埋在他的頸窩裡，哽咽道：「但是我也好想你！」

司徒青染被她弄糊塗了，這女人竟敢打他、咬他，還哭得一把鼻涕一把眼淚，弄髒他的衣襟，有潔癖的他沒把她丟出去，已經是不可思議了。

只因為她說了一句——她想他。

就為了這一句，他犧牲三十年的功力把她的魂魄拉回來也值得了。

「我也想妳，以後，我們再也不分開了。」

他不禁慶幸，幸好一切還來得及，他容許她哭得眼淚鼻涕齊流，反正等一下再清理就好了。

桃曉燕抬起頭，哭著對他說：「好，咱們再也不分開，因為我要一輩子折磨你，我要你付出拉我回來的代價，不然我太吃虧了！」

司徒青染愣住，接著失笑，輕拍她的背哄她。

「行，要我付出什麼代價都行。」

「我要東郊大院那座山的路權，你幫我向皇上要！」

「好好好，幫妳要。」

「我要生肌丹！」

「好好好，幫妳煉丹。」

「你的財寶就是我的財寶！」

「我連人都是妳的。」

「口說無憑，簽血契！」

「行，妳要什麼都給妳，只要妳好好留在我身邊。」

國師大人第一次這麼好說話，從來不屑吃虧的他，遇到這個來自異世的妖女，欲將她收伏，卻反倒被她收服了一顆心。

仙人並非真的冷心無情，只因在自己的世界沒遇見。遇到了，便從此死心塌地，一生只娶一個妻子。

娶這個來自異世的妻子，便心已足矣。

——全書完

2020年11月出版

# 莽夫求歡

文創風 899

【洞房不寧之二】

一個是天不怕地不怕的紈袴富二代，
一個是武力值滿點的江湖奇女子，
不打不相識，越打越有味，
像極了愛情……

**新系列【洞房不寧】開張！**
我愛你，你愛我，然後我們結婚了——
不不不，月老牽的紅線，哪有這麼簡單？
這款冤家是天定良緣命，好事注定要多磨……

## 天后執筆，高潮迭起／莫顏

宋心寧決定退出江湖，回家嫁人了！
雖說二十歲退出江湖太年輕，但論嫁人卻已是大齡剩女。
父親貪戀鄭家權勢，賣女求榮，將她嫁入狼窟，她不在乎；
公婆難搞、妯娌互鬥，親戚不好惹，她也不介意；
夫君花名在外、吃喝嫖賭，她更是無所謂，
她嫁人不是為了相夫教子，而是為了包吃包住，有人伺候。
提起鄭府，其他良家婦女簡直避之唯恐不及，可對她來說，
鄭府根本就是衣食無缺、遠離江湖是非、享受悠閒日子的神仙洞府！
可惜美中不足的是，那個嫌她老、嫌她不夠貌美、嫌她家世差的夫君，
突然要求她履行夫妻義務，拳打腳踢趕不走，用計使毒也不怕，
不但愈戰愈勇，還樂此不疲，簡直是惡鬼纏身！
「別以為我不敢殺你。」她陰惻惻地持刀威脅。
夫君滿臉是血，對她露出深情的笑，誠心建議——
「殺我太麻煩，會給宋家招禍，不如妳讓我上一次，我就不煩妳。」
宋心寧臉皮抽動，額冒青筋，她真的好想弄死這個神經病……

2021年8月出版

# 劍邪求愛

文創風 985 【洞房不寧之二】

在這世上，殷澤只拿兩個人沒轍，
一個是劍仙段慕白，另一個就是肖妃，
她會對其他人笑，唯獨在他面前不苟言笑，
萬人崇拜他，只有她，看到他都像恨不得把他大卸八塊，
他不知道自己到底哪裡惹了她，但她不說沒關係，
反正他的法子很多，有的是機會讓她說……

## 殷肖CP，強勢來襲！／莫顏

肖妃出自皇家兵器庫，由頂級匠師所打造，專門給貴女使用，
因此當她修成人形時，自是兵器譜前十名中唯一的美人，
但她不在乎美人的稱號，她想要的是「最強」，
可無論她如何努力，第一名永遠是那個姓殷的！
她想要的天下至寶，被殷澤搶先一步奪去；
她需要累月經年才能練就的武功絕學，殷澤三天就會了；
她認真經營的人脈，殷澤只需勾勾手指就把人勾走了；
她的手下們，對殷澤比對她這個女主人還要敬畏服從，
她拚盡全力施展武功，他只用一招就制伏她，還將她踩在腳下！
男人崇拜他，女人愛慕他，有他在的地方，她只能靠邊站。
他真是太太太討厭了！
她不屑跟他説話，對他視若無睹，直到有一天……
「我要妳。」
當冷冽狂傲又俊逸非凡的他，直截了當地向她求愛時，
她沒有心花怒放，也沒有臉紅害羞，只有心下陰惻惻的冷笑──
原來你也有求我的一天，看本宮怎麼整死你……

2022年2月出版

# 將軍求娶

文創風 1034

【洞房不寧之三】

系列最終章！
揭開每對冤家間的故事，
這回出場的不靠美男般的顏值，靠的是始終如一的毅力，
還有他寵女人的功力，以及臉皮的厚度……咳咳……

## 江湖上無奇不有，天后筆下百看不膩／莫顏

楚雄一眼就瞧中了柳惠娘，不僅她的身段、她的相貌，
就連潑辣的倔脾氣，也很對他的胃口。
可惜有個唯一的缺點──她身旁已經有了礙眼的相公。
沒關係，嫁了人也可以和離，
他雖然不是她第一個男人，但可以當她最後一個男人。
「你少作夢了。」柳惠娘鄙視外加厭惡地拒絕他。
楚雄粗獷的身材和樣貌，剛好都符合她最討厭的審美觀，
而他五大三粗的性子，更是她最不屑的。
「妳不懂男人。」他就不明白，她為何就喜歡長得像女人的書生？
肩不能挑，手不能提，只會談詩論詞、風花雪月有個鳥用？
沒關係，老子可以等，等她瞧清她家男人真面目後，他再趁虛而入……
果不其然，他等到了！這男人一旦有錢有權，就愛拈花惹草，
希望她藉此明白男人不能只看臉，要看內在，自己才是她心目中的好男人。
豈料，這女人依然倔脾氣的不肯依他。
「想娶我？行，等你混得比他更出息，我就嫁！」老娘賭的就是你沒出息！
這時的柳惠娘還不知，後半輩子要為這句話付出什麼樣的代價……

窈窕淑女，君子好逑／夏言

2023年11月出版

# 繡裡乾坤

即便被拒了兩次婚，他依然癡心不改，
人家小姑娘走到哪裡，他就要跟到哪裡，
別說什麼男人的骨氣與尊嚴了，
他根本連堂堂定北侯的面子都不要了！
只要能順利把心愛的姑娘娶回家，臉面值幾個錢？

文創風 1205 1

上有兄長、下有妹妹，在家排行老二的雲意晚從小就不得母親喜愛，
本以為十指都有長短了，喜愛當然也有多寡之分，不須在意，
然而向來不爭不搶的她，前世卻被母親逼著嫁給定北侯顧敬臣當續弦，
理由只是為了照顧因難產而逝的喬家表姊獨留在侯府的新生幼兒，
她不懂，身為一個母親，到底要多不愛，才會這麼對待自己的親生女兒？
結果，她在懷孕四個月時被一碗雞湯毒死，連凶手是誰都毫無頭緒，
死不瞑目的她如今幸運重生，她發誓今生定要查明凶手，不再糊塗度日！

文創風 1206 2

顧敬臣雖長得高大英俊，但因常年征戰沙場，身上帶著肅殺之氣，
前世嫁給他後，由於他面容冷峻、難以靠近，她一見他就懼，何談愛他？
今生她但求表姊能長命百歲，如此她便不用嫁他當繼室，迎來短命人生，
但也不知哪裡出錯，太子要選正妃，喬家表姊竟一心一意要去參選！
不應該啊，莫非……她的重生改變了相關人物的命定軌跡？
還是說，表姊是在落選太子妃後，才退而求其次地當了侯夫人？
若真如此，那顧敬臣肯定是愛極了表姊，不然哪個男人容得下這種事？

文創風 1207 3

雲意晚發現自己花了大半個月、耗費不少心神繡的牡丹絹布不見了！
好在上面沒有繡名字，且見過那幅精緻繡件的人也不多，
否則萬一落入不懷好意的外男手中，說是她私相授受，那可就麻煩了，
經過查訪，得知竟是母親派人偷走，謊稱是妹妹所繡，送給喬表姊選妃參賽，
而靠著她的繡件，表姊的刺繡表現第一，成為太子妃人選的最終十人！
母親最重權和利，卻沒讓她去選妃，還偷她的繡件贈人參賽，這極不合理，
況且，她可以明顯感覺得出母親對表姊的偏寵，這當中莫非有什麼隱情？

文創風 1208 4

不論前世或今生，母親都一手主導著雲意晚的婚姻，
第一樁婚約，她被許配給商賈之子，在對方的姊姊成為寵妃後解除；
第二個無緣未婚夫是個窮書生，在即將考上狀元、平步青雲前也成了前任。
前世的她只以為是巧合，然重生後為了追查死因，她竟意外發現自己的身世，
原來她與喬表姊在同一天出生後就被「母親」與「外婆」故意對調了！
只因當年她的生母永昌侯夫人懷她時，有一名道士說腹中孩子帶有鳳命，
她們想讓表姊當皇后，而她當然是一生不順最好，怎可能為她說一門好親事？

文創風 1209 5 完

她萬萬沒想到，他兩次求娶她被拒這事竟鬧得人盡皆知，他還當眾認了！
難道說，其實從頭到尾都是她誤會了，他兩世喜歡的人根本是她？
是了，回想過去，包括危急時救她、替她查明身世並找齊證據等等，
若非一心關注著她，他又怎會每件事都能適時地出手相幫？
在他不畏世人取笑，第三次親自上門求娶時，她終是應了他這份真心，
無奈好事多磨，在兩人大婚之日，太子竟在大庭廣眾之下派人擄走她！
太子這又是為了哪樁？難不成……是因為她擁有鳳命的命格？

1211

# 國師的愛徒 下


國家圖書館出版品預行編目資料

國師的愛徒 / 莫顏著. --
初版. -- 臺北市 : 狗屋出版社有限公司, 2023.11
冊 ; 公分. --（文創風 ; 1210-1211）
ISBN 978-986-509-472-0（下冊 : 平裝）. --

863.57　　112016684

著作者　莫顏
編輯　王冠之
校對　陳依伶
發行所　狗屋出版社有限公司
地址　台北市104中山區龍江路71巷15號1樓
電話　02-2776-5889～0
發行字號　局版台業字845號
法律顧問　蕭雄淋律師
總經銷　知遠文化事業有限公司
電話　02-2664-8800
初版　2023年11月
國際書碼　ISBN-13　978-986-509-472-0

定價290元
狗屋劃撥帳號：19001626
網址：love.doghouse.com.tw　E-mail：love@doghouse.com.tw